LYDIE,

ou

LA CRÉOLE.

LYDIE,

OU

LA CRÉOLE.

PAR Madame Adèle DAMINOIS.

N'est il pas bien simple que les enfans
du même père se traitent en frères
entre eux
J. J. Rousseau, *Nouv. Héloïse.*

TOME QUATRIÈME.

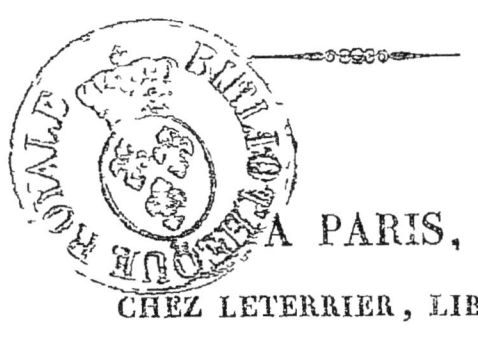

A PARIS,

CHEZ LETERRIER, LIBRAIRE,

RUE MONTORGUEIL, N°. 57.

1824.

LYDIE,

ou

LA CRÉOLE.

~~~~~~~~~~~~~~~~~~~~~~~~~~~~~~~~~~

CHAPITRE XXXI.

————

M. de Valmire, attaché à Lydie par goût, par habitude, et conservant toujours le secret espoir de voir ses douces relations avec elle se changer en union intime et sacrée, ne pouvait se résoudre à la quitter ; ses qualités charmantes, qu'il avait été à même d'apprécier chaque jour davantage, l'avaient enchaîné au point de ne pouvoir plus habiter là où Lydie n'était pas ; ayant, d'ailleurs, arrangé ses projets et sa vie sur l'idée de son mariage avec elle, rien ne pouvait l'en distraire : il avait compté sur l'effet de sa persévérance, de ses soins, et croyait qu'une femme du caractère de Lydie chercherait plutôt un protecteur dans un époux qu'un amant ; et quoiqu'il voulût être l'un et l'autre pour elle, il s'inquiétait peu de sa froideur, qu'il n'attribuait qu'à son naturel paisible et doux.

Les calculs du chevalier furent presqu'au moment d'être dérangés lorsqu'il eut été témoin de l'intérêt que la jeune créole prenait au colonel

Astolfe, et un trouble dont il craignait de se rendre compte s'empara de son esprit pendant quelques jours; il ne doutait pas que le mulâtre ne fût violemment épris de Lydie, et cela suffisait pour lui déplaire; mais en blâmant en secret la bonté facile de la jeune comtesse, il éloignait toute idée qui aurait pu lui être défavorable, et ne supposait point qu'elle fût jamais sensible à l'audacieux amour dont peut-être son âme candide n'avait point connaissance. Il était dans cette disposition lorsqu'il reçut des nouvelles de sa famille, qui l'avait vu à regret s'éloigner dans l'intention de s'expatrier encore. Déjà madame d'Outreville avait fait circuler, par imprudence ou par malice, les bruits injurieux qui concernaient Astolfe

1*

et Lydie ; partout elle allait prêchant une morale convenue, pour faire parade de vertus sans mérite ; et les parens de M. de Valmire se hâtant de recueillir ces rapports divers, ne manquèrent pas d'en faire part au chevalier, et de témoigner qu'en offensant la comtesse de Saint-Yves ils blessaient aussi l'honneur de l'homme qui aspirait à son alliance.

M. de Valmire fut indigné dé semblables discours ; son âme délicate et fière ne put supporter qu'on attaquât aussi inconsidérément une femme céleste par son âme et par sa conduite ; il sentit en même temps le désir de connaître la source de ces accusations et de venger hautement l'objet de son choix, en se montrant partout son défenseur et son ami ; il ne lui suffisait pas qu'on se tût sur ces faits qui outrageaient sa réputation , il avait résolu d'en détruire le principe et de rétablir Lydie pure aux yeux du monde comme elle l'était aux siens.

En conséquence , M. de Valmire partit subitement pour Paris, prétextant une affaire indispensable, et promettant à don Aurélio de le rejoindre dans peu. Il laissa Lydie souffrante et plus accablée de son mal qu'elle ne voulait en convenir. Les gens de l'hôtel attribuèrent l'incommodité de leur maîtresse au départ du chevalier, qu'ils regardaient déjà comme son époux. Personne ne se doutait qu'elle fût dangereusement malade ; et c'était du fond de l'appartement obscur, qu'il ne quittait presque plus, que don Aurélio ordon-

naît qu'on lui donnât les plus grands
soins.

Les choses en étaient à ce point,
lorsqu'au commencement de la nuit
Henrico arriva de Lisbonne sans être
attendu. Il eut une conférence secrète avec don Aurélio, qui dura
plusieurs heures, et dont l'effet fut si
funeste à ce dernier, qu'il le mit à
l'agonie. En un instant tous ses gens
furent instruits de sa position, malgré
le soin qu'Henrico prenait pour la
laisser ignorer, espérant que ce n'é-
tait qu'une crise passagère. Ils péné-
trèrent, malgré la consigne, dans
l'appartement de la comtesse, vinrent
l'avertir du danger pressant que courait son oncle.

Ce bruit, comme on l'a vu, avait
précipité la retraite d'Astolfe et ne lui

avait pas laissé le choix des moyens de l'effectuer; il s'échappa au hasard de mille accidens, et pendant qu'on arrachait Lydie au repos d'une manière si cruelle, une scène terrible attendait Astolfe d'un autre côté.

Le confident d'Aurélio était resté seul auprès de son maître expirant ; ses serviteurs s'étaient éloignés de lui, les uns pour aller chercher des secours, les autres pour appeler Lydie et prendre ses ordres. Henrico présentait à don Gonzalès le crucifix qui tenait au rosaire dont il ne se séparait jamais; il récitait de temps à autre des prières à haute voix, ou les interrompait pour laisser échapper des expressions d'effroi et de colère.

Ce contraste d'actions saintes et d'imprécations offrait un spectacle singulier qui avait quelque chose de repoussant, en ce que ces sortes d'habitudes superstitieuses étaient alliées aux passions humaines les plus basses et semblaient donner un côté plus hideux à la mort. Pour don Aurélio, il l'attendait avec une apparence de résignation qui ne démentait pas son caractère, et cependant des soupirs convulsifs attestaient autant le trouble de son âme, que l'effort de la nature dans ce moment d'horreur et de destruction. Ses yeux fixés vers le ciel paraissaient l'implorer, on eût dit que Gonzalès lui demandait des jours ; mais il y avait de la malédiction dans ce regard, et un désespoir concentré plus épouvantable que les cris et les larmes. Son teint livide, ses cheveux humides de la froide sueur de l'agonie, et ses membres déjà glacés et immobiles offraient une image de souffrance et de douleur qui eût attendri l'être le moins sensible ; toutefois aucun ami n'était là pour plaindre le puissant, le riche Aurélio. Il appela une fois Lydie comme un ange de consolation ; ne la voyant pas près de lui, il ne parla plus ; et quoiqu'il ne repoussât point les soins spirituels d'Henrico, on voyait qu'il ne les souffrait qu'avec peine.

Une porte dérobée s'ouvrit dans cet instant, et Astolfe parut en face de Gonzalès mourant. Il n'avait point perdu toute connaissance, et dans ce triste combat de l'âme et du corps il conservait encore la faculté de sentir et de voir. Cette apparition subite réveilla, pour ainsi dire, son âme prête à l'abandonner ; une force surnaturelle le ranima tout à coup, et pour conjurer le fantôme qui se présentait à lui, Aurélio retrouva la vie.

—Arrête! s'écria-t-il, toi qui me poursuis jusqu'au tombeau, arrête! viens-tu donc me maudire? Ah! laisse-moi, que ton image n'ajoute point à mes tourmens; je meurs: Zéliore, n'es-tu pas vengé?...

La voix de Gonzalès était rauque et entrecoupée en prononçant ces paroles; il regardait Astolfe d'un air hagard, et son corps à demi soulevé semblait sortir d'un sépulcre; ses mouvemens annonçaient qu'il était accablé des vains efforts qu'il faisait pour repousser loin de lui le fantôme persécuteur qu'il avait devant lui. Non, non, il n'est plus temps, continua le malheureux Gonzalès, dans ce moment terrible que me servirait de tromper les hommes ?..... L'heure du dernier jugement va sonner pour moi... ma punition commence... Zéliore, Zéliore, écoute et pardonne...

Astolfe ne savait si c'était à lui que s'adressait cet aveu solennel, cet appel au pardon; cependant le nom qu'il entendait ne lui était point étranger. Il s'avança par un entraînement indéfinissable auprès du lit du moribond; la pitié faisait taire ses autres sentimens, et les craintes qui l'avaient conduit en cet endroit, l'effroyable surprise qui l'y attendait, tout était suspendu dans sa pensée.

L'âme de don Gonzalès venait de concevoir un véritable remords à la vue d'Astolfe; déjà il ne voyait plus la terre que dans le lointain, et les passions qui avaient agité sa vie n'étaient-plus pour lui qu'un point dans le passé ; tout s'anéantissait dans son cœur hors le repentir, et, coupable d'une faute qui lui était toujours présente, il cédait enfin au désir de la réparer... mais le ciel, repoussant cette pensée tardive, lui refusa la récompense due à l'âme vraiment répentante, et les dernières et terribles angoisses de la mort vinrent le saisir au moment où il conçut ce pieux dessein ; par un dernier effort'il saisit la main d'Astolfe, lui indiqua un papier placé sous son chevet, mais sans pouvoir proférer une parole.

Les secours arrivèrent alors de toutes parts : un prêtre, des médecins, un notaire, entrèrent à la fois dans la chambre de Gonzalès; ses domestiques s'empressèrent autour de lui, chacun

essaya de remplir avec efficacité son
ministère. Lydie soutenue par Irma,
s'était aussi traînée jusqu'à chez son oncle. Quelle fut sa surprise de voir Astolfe, au milieu de la nuit, chez don
Gonzalès, à son lit de mort et presque dans ses bras! quel étonnant
événement l'avait conduit au lieu
de cette scène cruelle, lui qu'il avait
traité en ennemi! était-ce pour donner l'exemple de la réconciliation et
réparer, au moment suprême, jusqu'au
moindre tort de sa vie? Lydie émue
par cette pensée se sentit plus alar-
mée sur le compte de don Aurélio,
elle le plaignait davantage de quitter
la terre; et tout en considérant Astolfe, elle s'avançait vers le lit du
malheureux qui luttait en vain contre
le temps prêt à l'engloutir.

Il n'y avait plus alors ni amour,
ni haine; là, à l'aspect du tombeau
toutes les passions expirent, et un
douloureux effroi s'empare tellement
de l'âme, qu'elle n'entrevoit plus que
le triste but de l'humanité, et que si
l'idée d'une vie immortelle ne venait
adoucir l'amertume de ce sentiment,
tout serait regret, horreur ou désespoir auprès de celui qui cesserait
d'être. Lydie se trouvait près d'Astolfe; ses yeux, en se tournant vers
lui, paraissaient le supplier d'accorder
sa pitié à l'homme qui bientôt n'allait plus compter parmi les vivans,
et implorer de lui un signe d'attendrissement. La douce créole fut com-
prise de son ami; mais il n'était pas
en son pouvoir de lui accorder cette
marque de regret!

— Ah! lui dit-il à demi-voix, il n'y a que vous, Lydie, qui sachiez souffrir et aimer encore... mais que le ciel reçoive vos prières! Oui, je le prends à témoin des vœux de mon cœur : qu'il fasse paix à celui qu'il rappelle à lui, et que vos vertus plaident sa cause. Il voulut nous séparer et je puis ne le point haïr! Lydie, attendez - vous plus de mon cœur?..

— Prions donc ensemble, reprit-elle, et faisant effort sur sa propre faiblesse, elle fit entendre à Gonzalès les paroles consacrées par la religion et qui portent la consolation et l'espérance dans les âmes qu'une foi pure et sincère n'a point abandonnées; en même temps elle lui exprimait sa tendresse d'une manière touchante, et cherchait à réunir autour de lui tous les adoucissemens qui peuvent exister pour un si triste moment ; enfin elle reçut don Aurélio dans ses bras lorsque la vie le quitta pour jamais, et ce fut sur le sein de cet ange de paix et d'innocence qu'il rendit le dernier soupir. Elle-même retomba sur le lit funèbre; la douleur imprévue qui venait de l'accabler aggrava sa souffrance, on l'enleva dans l'état le plus fâcheux : les larmes vinrent alors se mêler au deuil, et pendant plusieurs jours l'hôtel des Portugais retentit de sanglots et de gémissemens, et le nom de la belle créole était prononcé avec une douleur et un respect qui n'avaient point accompagné Aurélio dans la tombe : il avait été opulent et honoré, il laissait des regrets; mais pour Lydie, on avait des pleurs.

Le convoi de don Aurélio fut fait avec la plus grande pompe, et tout ce qu'il y avait à Bordeaux de Portugais, ainsi que les personnes les plus distinguées de la ville, y assistè-rent; il ne resta plus de lui qu'un monument fastueux comme sa vie. Gonzalès avait sacrifié la paix de sa conscience à l'ambition, et au mo-ment de goûter le plaisir des succès du triomphe, de recueillir des hon-neurs achetés à un si haut prix, la vie le quitte; quand la prospérité, la grandeur allaient combler ses vœux, il est victime de ses propres tour-

IV. 2

mens!... Et dans son cœur une voix effrayante lui criait à l'instant du terrible passage, le ciel est juste!...

CHAPITRE XXXII.

———

Le désordre qui avait eu lieu à l'instant de la mort de don Aurélio n'avait point permis qu'aucune autre personne que Lydie eût remarqué la singularité de la présence du colonel Astolfe à l'hôtel des Portugais, ni comment elle avait pu avoir lieu ; d'ailleurs le danger où se trouva la jeune comtesse après cet événement, les intérêts divers qui occupaient les gens attachés antérieurement au service d'Aurélio, tout avait servi à

2*

couvrir l'imprudence du malheureux amant de Lydie : lui-même oubliant tout ce qui s'était passé, et jusqu'à la scène qui avait précédé les derniers momens de Gonzalès, ne songeait plus qu'à la femme adorée de son cœur; nulle considération ne le retint plus, et, dès que sa vie fut menacée, rien ne put l'engager à la quitter ; il semblait n'attendre plus que l'arrêt du sort pour vivre ou mourir avec elle.

Le vieillard ami d'Astolfe ne tarda pas à être instruit de ce dernier malheur, et vint se joindre à lui; tous deux veillèrent jour et nuit près de cet objet touchant de sollicitude et d'amour. Par un hasard heureux dans cette circonstance, le régiment d'Astolfe fut licencié à cette époque, et lui-même se trouva libre de devoirs et d'engagemens. Il lui eût été impossible de les regarder comme un obstacle au parti qu'il avait pris ; aucune sensation étrangère n'existait pour lui, le passé, l'avenir se concentraient dans le moment présent , et Astolfe ne voyait que Lydie en proie à la maladie, sous la froide main de la mort ; il la voyait languir et tomber comme une fleur qu'un orage a renversé dans son plus beau jour, et gémissait du destin horrible qui semblait l'obliger à remettre au tombeau chaque membre de cette famille si chère.

Mais, disait-il (à l'homme sensible qui ne le quittait pas), je la suivrai... n'en doutez point ; plus heureux en mourant que je ne fus de ma vie, je ne serai plus séparé d'elle, tous deux accueillis dans un autre séjour par un Dieu juste et bon , nous verrons ensemble commencer l'éternité !

— Espérons , mon fils , disait le vieillard.

La maladie de Lydie fut longue et cruelle ; elle faisait passer Astolfe de la confiance au désespoir, et ses angoisses ne pouvaient être comparées qu'à ses transports lorsque le mal perdait de sa gravité.

Dans cet intervalle, madame d'Elmance et son mari arrivèrent de Suisse, et M. de Valmire revint de Paris. Tous les amis de la créole se trouvèrent réunis auprès d'elle. La mort de Gonzalès , l'état dans lequel Lydie était tombée , les frappèrent du plus violent chagrin ; ils s'accordèrent d'intention pour lui prodiguer des soins.

Louisa, qui n'avait attendu que la
réponse de sa sœur pour voler près
d'elle, se montrait active, sensible,
prévoyante; elle était partout à-la-
fois, et sa prudence et sa tendresse
servaient les vœux que chacun formait
avec elle.

Mais rien n'était plus touchant que
le spectacle qui s'offrit à leurs regards :
Astolfe, le pauvre Astolfe, immobile,
les traits altérés, les cheveux en désordre, passait une partie des jours à
genoux au chevet du lit de celle qu'il
avait si constamment aimée : sa douleur muette avait quelque chose de si
sombre qu'elle inspirait l'intérêt et
l'effroi à ceux mêmes qui eussent
blâmé le plus la présence d'Astolfe en
ces lieux; personne n'avait le droit
de lui interdire le cruel bonheur qu'il

goûtait à s'abreuver de larmes ; mais
personne aussi ne songeait à l'en pri-
ver, tant la véritable douleur est imposante ! il semble qu'elle soit donnée
en partage à l'homme comme un don
triste et sacré, et qu'elle force tout
mortel au respect. Jamais tant d'a-
mour, jamais un chagrin aussi profond
ne s'était révélé à l'âme de ceux mêmes
qui avaient aimé et senti ; et pour
tout ce qui respire, un sentiment vrai
a quelque chose d'entraînant que suit
de près l'admiration.

C'était avec peine que madame
d'Elmance obtenait du mulâtre qu'il
prît quelque nourriture ; pour y réussir, elle employait des paroles de
consolation qui, même, n'étaient
point entendues ; ce n'était qu'au
nom de Lydie qu'il redevenait docile

et qu'il consentait à vivre encore. Trop d'émotions depuis long-temps portaient sur la même blessure ; elle était devenue trop douloureuse , et Astolfe était arrivé à cet excès de malheur qui appélle quelquefois sur les humains la pitié et la clémence divine.

Lorsque Lydie fut un peu mieux , le colonel , trompé une fois par ses propres yeux , ne voulait point y croire, et l'espérance qu'on cherchait à faire passer dans son cœur lui paraissait une ironie , une de ces phrases vulgaires avec lesquelles on rend le repos aux êtres ordinaires ; le malheureux , en les écoutant, souriait amèrement et regardait tout avec froideur autour de lui.

Considérez-la, lui disait madame

IV.   5

d'Elmance, la connaissance lui revient, son visage perd de sa pâleur.

— Eh! n'ai-je pas une fois, répondait-il, rêvé près d'elle le bonheur et l'amour, quand déjà la maladie était dans son sang! on ne m'abusera plus!... Mais maintenant, ce n'est plus ma vie que je donnerais pour elle, c'est la mort qu'il nous faut à tous deux.

Louïsa ne pouvait plus rien pour un cœur si aigri, si violemment atteint; elle voyait le danger de Lydie céder au temps; toutefois, cette joie n'était point sans mélange, et l'amour impétueux d'Astolfe, dont elle n'avait pu se faire une idée, alarmait son imagination.

Une nuit, cependant, Louisa veillait auprès de la malade, Astolfe occupait aussi, dans la chambre, la place dont il s'était emparé, et, la tête baissée sur ses mains, il laissait ainsi passer les heures, examinant de temps en temps, d'un air morne, les gardes qui faisaient leur service auprès de la créole, et les consultant du regard sur ce qu'il devait penser sur son état.

M. d'Elmance, le vieil ami d'As‑tolfe, ainsi que le chevalier de Val‑mire, étaient restés ensemble dans un appartement voisin, à portée de sa‑voir comment se passerait une crise que le médecin avait annoncée et qui devait sauver ou perdre la malade.

Tout était dans le plus grand si‑lence; on n'entendait qu'un vent de bise qui venait se briser contre les

3*

vitrages; et, précurseur de l'automne, on eût dit qu'il disait adieu aux derniers beaux jours. Ses gémissemens prolongés, semblables à ceux des âmes souffrantes, imprimaient à l'esprit une sorte de terreur, et la violence du vent fit éteindre plusieurs fois la seule lumière qu'on n'avait pu tout-à-fait éloigner de la malade.

Ces événemens, quoique naturels, étaient pour Astolfe autant de sinistres augures ; il lui semblait que Dieu allait rappeler à lui l'âme immortelle de Lydie, et chaque fois que les ténèbres l'entouraient, il courait vers elle, posait sa main sur son cœur, et revenait en silence comme étonné qu'elle existât encore. Faut-il le dire, dans cette nuit Astolfe avait mis son épée plus près de lui... et cependant le ciel qu'il implorait l'avait fait vertueux.

Au milieu de cette horrible nuit et de ce calme redoutable, on entendit tout-à-coup une voix enfantine qui contrastait singulièrement avec le tableau de douleur qu'offrait l'appartement de Lydie ; les portes en étaient ouvertes pour raréfier l'air, et cette faible voix, qui était celle du petit Amédée, s'approchait en faisant entendre les sons d'un air créole qui fit tressaillir Astolfe. Cent fois il l'avait chanté avec Lydie, lorsqu'ensemble ils se rappelaient l'Amérique et leurs jours paisibles. Mais avant qu'on eût songé à retenir l'enfant, qui ordinairement n'était jamais seul, il avait couru vers le lit de sa mère, et était parvenu jusqu'à elle.

Eveillé par le vent, il s'était levé, et voyant tous les appartemens ouverts et éclairés, il avait échappé à la surveillance d'Irma, pour venir où il apercevait du monde.

Il était donné à l'amour maternel d'opérer un miracle et de rendre l'action et l'existence à l'âme de Lydie. C'était dans ce sentiment qu'elle devait puiser la force de continuer sa route dans la vie; car, dès qu'elle eut entendu son Amédée et qu'il se fut placé dans ses bras, elle parut reprendre une existence nouvelle; la révolution tant redoutée fut heureuse, et depuis que Lydie eut reconnu son fils, elle fut sauvée. Tous

les amis de la créole étaient autour
d'elle en ce moment, et chacun
épiait ses mouvemens et ses paroles.

Astolfe seul, succombant à l'excès
de ses émotions, n'avait point changé
d'attitude, même après que les transports de toutes les personnes présentes
l'eurent assuré ≠de son bonheur :
épuisé par un long chagrin, ne pou-
vant supporter sa joie, ses paupières
se fermèrent.

— O maman! s'écria le petit Amédée, est-ce que notre ami est mort?

Ce qui se passa alors dans l'âme de
Lydie fut inconcevable; elle vit près
d'elle cette figure altérée, elle sentit
tout-à-coup qu'Astolfe ne l'avait point
quittée depuis sa maladie, et l'attendrissement qu'elle éprouva lui fut
salutaire; son visage se mouilla de

pleurs, et avec un sentiment exalté
elle répondit:

—Non, il m'attendait!

CHAPITRE XXXII.

Ce moment de sensibilité ne fut heureusement point nuisible à Lydie ; néanmoins , pour qu'il ne pût se renouveler , on éloigna d'elle toutes les personnes dont les soins ne lui étaient point strictement nécessaires, et Astolfe surtout fut proscrit pendant les premiers jours de sa convalescence : il resta toutefois dans l'hôtel , où des événemens d'une tout autre nature l'attendaient encore.

Henrico, qui était revenu près de

son maître par suite de circonstances qui ne sont point encore expliquées, avait eu le temps de faire le rôle d'observateur pendant la maladie de la comtesse de Saint-Yves. Tant qu'il y avait eu de l'incertitude sur l'issue de cette maladie, il n'avait pris aucun parti, n'avait fait aucune démarche; mais lorsque le danger eut cessé, et qu'il eut été témoin du sentiment passionné du jeune colonel pour la nièce de don Gonzalès, il se décida à acquérir auprès d'eux l'importance et le crédit dont il avait joui pendant la vie de son ancien maître.

Il ignorait encore quelle part il avait dans le testament de ce dernier, et ne possédait qu'une très-petite partie de la fortune qui lui avait été promise par don Aurélio. En conséquence, après l'avoir suivi dans ses voyages, l'avoir secondé dans ses projets, il allait peut-être perdre le fruit de ses peines et la récompense de ses services. Fidèle jusqu'alors au secret qui lui avait été imposé, par le seul motif de l'intérêt, et non par attachement pour Aurélio qu'il croyait avoir le droit de mépriser, Henrico se crut délié de ses sermens dès qu'il n'eut plus rien à craindre ni à espérer de son dévouement. Il avait été à l'école de l'hypocrisie, et conservant avec le caractère portugais les mauvaises maximes qui s'y étaint jointes, on trouvait en lui les signes extérieurs de la dévotion avec une âme vénale et un cœur dépravé. Toujours prêt à se vendre ou à trahir, suivant l'avantage qu'il trouvait à le faire, cet homme ne

conçut pas même l'idée du bien dans
le parti auquel il s'arrêta. Il avait vu
mourir son bienfaiteur sans émotion, la
vue d'Astolfe l'étonna sans le toucher;
il ne reconnut pas même la main de
Dieu dans ce hasard qui avait réuni le
persécuteur et l'opprimé au moment
solennel et redoutable d'une autre vie.

Enfin cet Henrico, qui à Saint-Domingue avait attenté aux jours d'Astolfe, qui depuis l'avait persécuté
pour obéir à son maître, l'eût fait
encore si les circonstances n'eussent
changé ses vues et ses projets.

Avec plus d'astuce que d'esprit,
Henrico devinait assez bien les sentimens des autres, et, à l'instar de son
ancien modèle, il cachait les siens
sous un masque d'humilité dévote.
Voyant combien sa présence était

odieuse au chevalier de Valmire, il
attribua cette haîne à quelques soupçons que ce dernier avait conçus sur
lui lors de leur séjour à Saint-Domingue, peut-être même à quelque indiscrétion qu'il ignorait, et ne douta
point qu'Astolfe et Lydie ne parta-
geassent bientôt cette aversion et ne
ruinassent ses espérances; et l'aurait-
il souffert, lorsque lui-même pouvait
être l'artisan de leur bonheur et de
sa propre fortune? Avant donc qu'on
examinât les papiers de Gonzalès et
qu'on ne vînt à y trouver des révélations que peut-être il avait faites
malgré son système de ne jamais laisser subsister aucune trace de ses secrets, Henrico réunit les moyens
qu'il avait de se rendre important et
nécessaire aux deux amans; il sup-

porta pendant quelques jours le mépris du chevalier avec la plus grande modération, s'absenta ensuite et revint avec l'assurance d'un témoignage qu'il se promit bien de faire valoir à la première occasion.

Lydie, à cette époque, était presqu'entièrement rétablie; elle renaissait à la vie comme à l'amour; cependant elle conservait, à la suite de sa maladie, une langueur qui laissait encore quelque inquiétude sur elle. Louisa, par ménagement, évitait tout ce qui aurait pu jeter de l'amertume dans son âme, elle s'était convaincue qu'un sentiment comme le sien ne pouvait ni s'affaiblir, ni s'éteindre : elle se plaisait même à rendre justice au mérite d'Astolfe, et le trouvait trop intéressant pour le cœur d'une femme qu'il idolâtrait; mais quand elle en jugeait avec le monde et par ses maximes, elle revenait à ses premiers avis, et se flattait encore que Lydie s'y rendrait par raison et par devoir.

Quant à M. d'Elmance, dans ses conversations avec le vieillard de Montmoréncy, il avait appris à estimer davantage le jeune homme dont il aimait à s'entretenir, et puisant dans ses rapports avec lui, quelques-unes de ses idées philosophiques, il était prêt à offrir aux deux amans un asile dans sa patrie, où l'amour et la vertu pouvaient trouver encore de douces et agréables retraites ; mais il reçut du vieillard une communication, qui, sans ralentir son zèle, le rendait superflu. Il s'agissait donc de rendre Astolfe digne de Lydie aux yeux de la société, comme il l'était pour son cœur, et le vieillard avait trouvé que le meilleur moyen d'aplanir les difficultés, était d'adopter le colonel pour son fils, et il l'avait résolu.

Découvrant alors le mystère qu'il avait fait de sa naissance, il s'adressa en ces termes à M. d'Elmance :

— On m'appelle, dit-il, le comte de Morenberg : ce nom honoré par mes aïeux, et que j'ai peut-être mérité, par quelques vertus, de porter après eux, me deviendra plus cher si je puis le transmettre à un être malheureux dont le caractère noble trahit une noble origine, et pourrait s'en passer si les hommes estimaient par-dessus tout les actions et les sentimens. Ce nom, que j'avais laissé ignorer pour vivre obscur et inconnu

dans un coin de la terre, je le repren-
drai s'il le faut. Je n'ai plus de famille ;
jamais je n'associai d'épouse à mon
sort ; je n'ai point d'enfans, Astolfe
deviendra le mien : il m'a aimé ; je
serai donc pleuré quand j'aurai cessé
de vivre !... J'ai vu madame de Saint-
Yves , mon cœur a frémi en voyant
sa beauté , son amour , et en mesu-
rant les distances qui la séparent du
digne objet de sa tendresse. Puissent
mes intentions servir à les rapprocher
et à former la plus belle union qui
fût jamais! Si les coutumes de la France
servent encore de point d'objection
contre ce mariage, si elles ont fait
naître dans l'esprit de quelques in-
dividus une injuste répugnance contre
certaines alliances entre les races dif-
férentes des hommes , nous nomme-

IV.   4

rons cette multitude de pays divers, où l'usage n'effraie point l'amour ; s'il le faut, nous en frayerons la route à deux amans heureux ; et le lieu où l'on vit en paix ne devient-il pas une seconde patrie ?

Le jeune comte de Morenberg pourra, j'ose le croire, prétendre à la main de la belle Lydie ; il rendra de l'éclat à ce nom oublié, et revivra dans ses enfans... Je ne vous cacherai pas, continua le vieillard, que cette idée rajeunit mon cœur, et que, quoique je ne l'aie dit qu'à vous, elle m'a occupé constamment depuis mon séjour ici : j'attends même du gouvernement, auprès duquel j'ai quelque crédit, des lettres de naturalisation pour le colonel Astolfe, et j'ai dicté l'acte d'adoption par lequel il sera reconnu comme mon fils et le seul héritier de ma fortune ; cet envoi m'est annoncé, il comblera les vœux secrets de deux êtres que leur vertu condamne à ne point espérer...

O monsieur, ajouta le vieillard, qu'il est doux de ramener la joie au milieu des larmes, puisque l'espoir qu'on en conçoit émeut si vivement!

M. d'Elmance pressa cet homme respectable sur son cœur : bientôt ses projets furent connus, excepté de Lydie et d'Astolfe ; tous deux étaient rendus l'un à l'autre, ils croyaient ne plus rien désirer...

M. de Valmire appréciait tout ce qu'il perdait dans la personne de Lydie ; et quoiqu'il se sentît blessé intérieurement de trouver dans le mulâtre un rival aussi redoutable, néan-

*4

moins il devint généreux en faisant
ses efforts pour le paraître. Louisa
l'assura d'ailleurs que Lydie lui avait
fait part de la résolution où elle était
de ne jamais se remarier. Elle lui avait
en effet témoigné, dans cet entretien,
l'estime et l'attachement qu'elle con-
serverait toujours pour le chevalier ;
mais elle y avait joint l'aveu du sentiment exclusif qui l'empêcherait de
se donner jamais à personne, puisqu'elle ne pouvait appartenir à l'objet
qui ne vivait que pour elle. Louisa,
confidente et interprète des décisions
de Lydie, sut persuader au chevalier
que jamais cette sœur si vertueuse,
quoique si tendre, ne ferait rien de
contraire aux conseils de sa famille
ni à l'opinion du monde ; que ne
prévoyant point le changement des

circonstances , elle avait résolu de se mettre sous la garde de l'amitié et d'aller vivre avec elle en Suisse; mais que faisant le sacrifice de sa jeunesse , de son bonheur, à ses devoirs , elle voulait garder jusqu'à la mort une liberté qu'elle ne pouvait consacrer à l'amour.

Tant de vertus et de prudence consolèrent M. de Valmire; il s'enorgueillit d'avoir un sacrifice à faire à la femme charmante qu'il avait aimée, et déposa ses prétentions à ses pieds, en lui souhaitant une vie de bonheur et le prix de ses sacrifices.

Jamais M. de Valmire ne se montra sous un jour aussi favorable que dans cette occasion , où son amour-propre était offensé et ses vœux les plus chers rejetés sans retour. Sa délicatesse naturelle , qui dégénérait quelquefois en susceptibilité , fit place au désir franc et sincère de voir Lydie heureuse et son amant digne d'elle. Il se promettait bien alors de se battre contre quiconque oserait la blâmer ou avilir l'objet de son choix ; en déplorant son sort , M. de Valmire eut le courage de vouloir rester l'ami de la comtesse , et garda l'espérance qu'il occuperait toujours la seconde place dans son cœur.

Cette disposition suit rarement une grande passion ; mais elle fait honneur au caractère qui l'éprouve comme à celui qui l'inspire ; jamais un être tout-à-fait ordinaire n'est capable de cette sorte de générosité , et celui dont l'organisation ne peut concevoir l'amour, n'est pas le moins bien partagé par la nature , quand il peut sentir la sublime amitié et lui consacrer encore sa vie.

Cette noblesse d'âme n'exista point à demi chez M. de Valmire , l'impression était donnée , et il semblait que la douceur et la résignation de Lydie désarmassent ceux qui auraient eu quelque chose à exiger d'elle ; elle intéressait la bonté des autres à son sort , et chacun, pour ainsi dire, voulait avoir une part à son bonheur.

Le philosophe de Montmorency exerçait aussi un grand empire sur l'imagination de ceux qui étaient devenus ses amis , et tous se réunirent de concert pour travailler à l'union des deux amans.

Lorsque le chevalier fut resté vainqueur du premier combat que lui livra

un chagrin excusable, et qu'il put
immoler ses préventions à des sentimens vraiment élevés et généreux, il
revint à des souvenirs qui n'auraient
jamais dû s'effacer de sa mémoire.
Astolfe, jeune, esclave, l'avait sauvé
de la mort ; il l'avait consolé dans sa
détresse ; sa nourriture partagée devenait la sienne, ses mains lui avaient
élevé un abri , et sans lui il eût péri
loin de la France, loin de sa mère...
Son cœur, dégagé de ressentiment,
céda au mouvement de reconnaissance que ces souvenirs lui inspi-
rèrent. Il rougit d'avoir pu se montrer
capable d'oubli et de s'être laissé dominer par un orgueil si honteux, que
le mépris, en pareil cas, ne dégrade
que celui qui s'y livre. Généreux,
vif et noble comme un chevalier

français, tel donc que M. de Valmire, rencontra le colonel ; il lui
tendit la main avec franchise, et lui
dit d'un ton amical :

— Colonel, votre étoile l'emporte
sur la mienne ; bientôt elle va briller
d'un éclat digne d'envie.

—Que dites-vous? répondit Astolfe,
surpris de ce début. Ce n'est point
vous, M. le chevalier, qui pouvez
ambitionner le sort d'un infortuné
qui jusqu'ici n'a connu que le désespoir ; vous ! si honorablement placé
dans le monde !.....

— Vous l'êtes d'une manière bien
plus glorieuse, reprit M. de Valmire en
soupirant, et dans le cœur de la plus
aimable des femmes....

—Arrêtez ! s'écria le mulâtre indigné, n'insultez pas celle qui mérite

IV.   5

vos respects et les miens. Je n'ai pas l'honneur d'être gentilhomme ; mais cependant je vous avertis, monsieur, que je ne souffrirais cette liberté ni de vous ni de personne.

— Bien ! répartit M. de Valmire, très-bien ! mais je ne veux ni disputer sur vos titres, ni me battre avec vous. Soyez heureux, Astolfe, le ciel, je le vois, s'est chargé d'acquitter ma dette envers vous..... Toutefois, pour vous prouver que je ne l'ai point oubliée, je vous offre mon amitié : l'acceptez-vous ?

— Je m'en trouve heureux et honoré, repartit à son tour le mulâtre... Mais, au nom du ciel, qu'y a-t-il donc de nouveau dans ma destinée ? que se prépare-t-il pour moi ? d'où vient ce changement ?... je m'y perds...

M. de Valmire sentit que s'il en disait davantage il compromettrait le secret du comte de Morenberg. Il n'ajouta plus que quelques paroles insignifiantes, et, satisfait d'avoir suivi une impulsion bonne et généreuse, il quitta le colonel, le laissant étonné au-delà de toute expression, de ce qu'il venait d'entendre.

Hélas! pensa-t-il, quand tout me sépare de celle que j'idolâtre, quand sa tendresse même ne détruit pas mes tourmens, de quelle félicité me parle-t-on?....... Il n'était point question de Lydie, puisque le chevalier me félicitait et qu'il l'aime........ et hors d'elle quelle félicité peut-il exister pour moi? Que m'importe le reste du monde!... Mais je le vois, personne n'a lu, ah ! personne ne peut lire dans mon cœur.

Astolfe, comme la plupart des amans, croyait avoir dérobé son secret à l'observation des autres, et qu'il avait été possible de prendre les témoignages de l'amour pour ceux d'un simple attachement ; il était loin de soupçonner que Lydie elle-même eût révélé cet amour avec le sien, et que ses amis fussent tous dans sa confidence. Toujours soumis et dévoué, Astolfe attendait qu'elle ordonnât de l'emploi de sa vie. Elle ne lui interdisait point encore sa présence, et son âme passionnée se laissait connaître à la créole, sans qu'elle réprimât les expressions de l'amour le plus tendre ; lui-même avait reçu la douce

assurance d'être aimé. Ah! ce bonheur était trop grand pour laisser
penser à l'avenir! Astolfe ne le désirait
point; il goûtait le plaisir du ciel,
celui de posséder le cœur de l'objet
qu'il adora si long-temps en silence...
Lui! le malheureux Astolfe, aimé de
Lydie! Il ne pouvait le croire assez,
et depuis qu'elle était rendue à l'existence, il eût défié le sort de le rendre
tout-à-fait à plaindre.

Son âme, remplie d'un enthousiasme presque divin, ne vivait plus
que dans l'âme d'une autre. Il connaissait cet état si parfait, composé
d'innocence et d'amour, que l'on a
nommé si justement *la vie dans la
vie* (*); et maintenant, confiant dans

(*) Madame de Stael.

celle qui avait entendu son cœur, il
lui laissait le soin de sa destinée : eût-
elle commandé des sacrifices, eût-
elle demandé sa vie, Astolfe aurait
encore connu le bonheur !

CHAPITRE XXXIV.

L'instant si ardemment souhaité par le comte de Morenberg était arrivé, et il lui fut permis enfin d'adopter publiquement Astolfe pour son fils; il avait reçu à cet égard les pouvoirs qu'il attendait, et sut se ménager un instant de réunion que cet acte inattendu devait rendre solennel. On n'avait point encore pris connaissance des papiers et du testament qu'avait laissés Aurélio; mais personne ne doutait qu'il n'eût choisi la

comtesse de Saint-Yves pour léga-
taire universelle : il existait donc autour de Lydie une joie, une préoc-
cupation générale, qu'elle attribuait à
l'amitié de sa famille, de ses amis, et
au plaisir qu'ils prenaient à fêter de
mille manières son retour à la santé.

Le nom de Gonzalès prononcé plus
souvent depuis qu'il était question
d'affaires d'intérêt, ramena la pensée
d'Astolfe sur la scène qui s'était passée
entre eux la nuit même de sa mort.
Plus il songeait à cette particularité,
plus son esprit s'égarait en conjec-
tures ; et se rappelant alors parfaitement le dernier signe du mourant,
il regretta d'avoir omis de s'emparer
de l'écrit dont ce dernier semblait
vouloir le mettre en possession. Le
délire où il croyait Gonzalès en cet

instant , avait d'abord trompé Astolfe
sur l'intention de cet homme prêt à
expirer, et ensuite le danger où Lydie
s'était trouvée lui avait fait entièrement oublier cette circonstance.
Quand elle se représenta à son imagination, il rechercha ce papier; mais
ce fut inutilement, chacun prétendit
ne l'avoir point vu. Il devait pourtant
revenir à sa destination.

Toutes les personnes qui habi-
taient alors l'hôtel des Portugais et qui
tenaient à la créole par les liens du
sang et de l'amitié, venaient de se
réunir; déjà le comte de Morenberg
s'était fait connaître à elle, il avait
pressé Astolfe sur son cœur en le
nommant son fils, et avait lu à haute
voix l'acte par lequel ce dernier recevait le droit de prendre le nom et

les titres de la famille de Morenberg, une des plus nobles de France. Il recueillait les expressions passionnées que la reconnaissance, la surprise et la joie, faisaient naître dans l'âme du mulâtre, qui jusque-là n'avait vu dans son bienfaiteur que le vieillard de Montmorency.

Madame d'Elmance, Albert et le chevalier de Valmire, le félicitaient sur ce témoignage glorieux d'estime, et Lydie, transportée, laissait voir naïvement l'émotion que cette circonstance lui causait, lorsqu'Henrico fit demander la permission de se présenter devant cette assemblée, ayant une importante communication à faire, qui concernait le colonel !

Chacun se regarda avec une sorte d'inquiétude, Astolfe seul avait maintenant confiance en son bonheur.

— O mon père, mon ami, dit-il en se jetant aux genoux du vieillard, que pourrais-je redouter! n'avez-vous pas fini mes malheurs, ne m'avez-vous pas élevé jusqu'à vous! quelles épreuves auraient le pouvoir de m'effrayer désormais! Quand je dois honorer le nom le plus illustre et le plus cher à mon cœur, qu'il me tarde au contraire de me montrer digne de vos bontés, de vos vertus! Ah! de ce jour ma vie vous est consacrée, elle vous appartient, je tiens à vous par des liens aussi sacrés que ceux du sang; je vais donc connaître à la fois tous les biens et toutes les douceurs de l'existence! Oh! avec ce que je sens dans mon âme, on pourrait défier les événemens et mesurer ses ennemis...

— Qu'y a-t-il donc encore à appréhender? reprit Lydie, trahissant la peur que lui causait le nom d'Henrico dans cet instant. — Rien, rien, s'écria le jeune comte de Morenberg; Lydie, chère Lydie, rassurez-vous, écoutons cet homme; et quoi qu'il m'apprenne, mon sort sera trop beau puisque vous daignez vous y intéresser.

Astolfe avait une idée vague que le confident d'Aurélio n'était pas étranger à sa vie; depuis long-temps il l'avait soupçonné, et surtout lorsqu'il avait surpris dans la bouche de Gonzalès le nom qu'il avait un souvenir confus d'avoir entendu prononcer dans son enfance.

Exalté par ce qui venait de se passer, impatient de voir déchirer enfin le voile qui couvrait sa destinée, il crut que le ciel avait marqué ce moment pour la récompense de tous ses maux : ces divers sentimens répandaient un tel enthousiasme dans sa personne, qu'elle semblait tenir de l'idéal, tant elle offrait de noblesse et de fierté dans ses mouvemens et ses attitudes expressives ; chacun, en le regardant, croyait voir reparaître un jeune héros des temps anciens, et trouvait le cœur de Lydie plus que justifié.

L'impétueux Astolfe alla donc au-devant d'Henrico et l'attirant vers l'assemblée. Parlez, lui dit-il, expliquez-vous; de quelle part êtes-vous ici ?

— C'est ma propre volonté qui m'y amène, répondit le Portugais d'un air froid, ma conscience l'exige et j'ai dû l'écouter, puisque de moi seul maintenant dépend votre sort, et qu'enfin je vous connais mieux que vous-même.

Tout le monde, excepté Astolfe, fit un mouvement d'étonnement, et se rapprocha d'Henrico : Lydie, tremblante, par un secret pressentiment craignait d'entendre sortir de sa bouche des révélations peu honorables pour don Gonzalès ou pénibles pour son ami, et, perçant dans les possibles, elle écoutait ce que le premier allait dire, avec une anxiété inexprimable.

— J'aurais pu (dit Henrico, fidèle au plan qu'il s'était tracé) me taire par respect pour la mémoire de don Aurélio mon maître, ou faire connaître la vérité sous le sceau du secret à la personne la plus intéressée à la savoir, comme j'en avais fait d'abord le projet ; mais le Ciel, par une inspiration soudaine, m'a commandé cette démarche authentique en réparation de mes fautes passées ; et quoi qu'il m'en coute, j'offre à Dieu ce mérite pour le repos de l'âme de mon cher et honoré maître don Aurélio de Gonzalès.

Chacun attendait la fin de ce préambule dans un profond silence ; enfin Astolfe bouillant d'impatience le rompit en disant :

— Puisque tu connais qui je suis, parle, je l'exige ; tu en viendras ensuite, s'il le faut, aux preuves de ce que tu auras avancé, et à l'explication de tes motifs; au nom du ciel que tu implores, dis ce que tu sais...

— Hé bien, apprenez donc, répartit Henrico, que vous êtes fils d'un prince Américain, dont le père régnait dans l'île de Fernand de No-ronha avant que les Portugais s'en emparassent : cet indien se nommait Almanzar ; car il n'est plus. Quant à votre mère, elle existe encore, et c'est la propre sœur de don Gonzalès.

— Quoi! s'écria Lydie, cette parente dont on m'a parlé si souvent dans mon enfance, que nous avons crue religieuse et morte depuis en Amérique, elle vivait!.. Grand dieu!.. est-il possible?

—Oui, répartit Henrico, la belle Maria dona de Gonzalès fut unie par l'amour au prince Almanzar, et leur fils est Zéliore, que depuis l'on a nommé Astolfé.

Il est impossible de concevoir l'effet que produisit cette déclaration sur l'esprit des assistans : la surprise, l'indignation, la joie, se peignaient sur les visages, et mille acclamations se faisaient entendre à la fois : pour les deux amans, ils se jetèrent dans les bras l'un de l'autre par un mouvement spontané. Un sentiment indéfinissable semblait les enchaîner et suspendre toutes leurs facultés ; ils s'appartenaient non-seulement par l'amour, mais encore par les liens du sang ; quel mystère de la Providence les avait ainsi rapprochés ? Quel arrêt éternel avait été prononcé sur eux ? Telle était l'idée qui les occupait en même temps, et un attendrissement

IV.   6

que les mots ne peuvent décrire, s'emparait de leurs âmes, pour les confondre dans une seule et même impression.

M. de Morenberg, ainsi que M. d'El-mance, furent les premiers à se re-mettre d'un si grand étonnement, et à demander les détails qu'exigeait une assertion si extraordinaire : en con-séquence ils interrogèrent Henrico, qui, avec le même sang-froid, reprit ainsi :

— J'ai songé à vous fournir les preuves que vous seriez en droit de me demander après ce que je viens d'avancer, et l'absence de quelques jours que je viens de faire a eu pour but de m'assurer si le frère Grégorio vivait encore. Ce religieux domini-cain avait été le fidèle compagnon de

don Aurélio dans ses voyages, et le
confident comme l'esclave de ses volontés : c'est lui qui avait été chargé
d'enlever le fils d'Almanzar à sa mère,
et qui avait reçu depuis des ordres
positifs pour le faire disparaître du
monde. Si Zéliore fut conservé, ce
fut cependant par le soin de ce même
Grégorio, qui, cédant à la pitié et au
remords, sauva cet enfant. Je n'étais
que le second agent de don Gonzalès,
et si je le trahis en cette occasion, ce
fut à la prière de Grégorio, qui me
demanda le secret, en m'assurant que
cette jeune victime condamnée à la
mort ne reparaîtrait jamais ; qu'il
l'avait vendu à un pirate africain, et
après avoir partagé avec moi le prix
de ce marché, il me fit prononcer le
serment de ne jamais désabuser don

Gonzalès , à qui il suffisait d'être délivré de son neveu et de le croire mort.

J'étais piqué de la préférence qu'avait obtenue don Grégorio sur moi dans cette affaire , et l'idée d'en punir mon maître en le trompant, suffit pour m'engager à tout ce que souhaitait le religieux.

Sans donc avoir participé à cette action, je me gardai d'en détruire l'effet, et je tins ma promesse, même après que par un hasard singulier Zéliore , sous le nom d'Astolfe , reparut à Saint-Domingue sous les yeux de mon maître. Il eut quelque doute sur ma fidélité ; ce n'était point le cas de révéler la vérité. Je préférai prétexter de mon ignorance; il parat me croire, et n'en poursuivit que

plus vivement ses premiers desseins :
je fus alors obligé de les seconder.

Quant au frère Grégorio , soit qu'il
eût honte d'avoir eu envers son supérieur une trop longue et trop
aveugle soumission , soit qu'il crût
devoir le redouter et le fuir après
l'avoir trahi , il disparut et se retira
dans les montagnes des Pyrénées ,
où depuis lors il vit solitaire , après
avoir fait courir le bruit de sa mort.
J'avais surpris le secret de sa déso-
béissance ; j'eus encore celui de sa
retraite : il ne l'a point quittée.
Lorsque je suis allé le trouver , il m'a
reconnu ; mais il s'est refusé à la
proposition que je lui ai faite de
m'accompagner et de venir appuyer
mes paroles. Son grand âge lui ôte la
force d'entreprendre une longue

route. Il craint aussi de s'éloigner de l'ermitage où il a déjà passé tant d'années paisibles, quoiqu'il ait un violent désir d'embrasser une fois le jeune homme qui lui doit l'existence.

Dans le silence et la solitude il a rappelé ses souvenirs, et le frère Grégorio a fait un journal des faits qui ont rapport au fils d'Almanzar. Je n'ai pu obtenir qu'il me le confiât, toutefois il brûle de transmettre ce dépôt avant de mourir; et lorsqu'il a su que don Aurélio n'était plus et que son neveu vivait ignoré, il a béni le ciel et lui a demandé la grâce de revoir Zéliore et de pouvoir remettre en ses mains ce journal précieux.

Tout ce que je pourrai dire, ajouta Henrico, exigerait des preuves qu'il n'est pas en mon pouvoir de donner.

mais que le frère Grégorio possède.
Voilà tout ce que j'ai à révéler en ce
moment, et le but de ma démarche.

Si j'ai trop bien servi mon maître,
sans doute je suis blâmable ; mais si je
réussis à réparer le mal que j'ai causé,
j'espère que Dieu et les hommes me
feront miséricorde.

Là, Henrico termina son récit, qui
laissa une tristesse profonde dans
l'âme des auditeurs. Il s'y mêlait un
doute que personne n'exprimait, et
qui naissait du peu de confiance
qu'inspirait le caractère d'Henrico, et
surtout celui très-établi de don
Gonzalès.

Quoi! pensait-on, cet homme
recommandable par sa piété, par ses
talens, par des vertus dont chacun

était l'admirateur et le témoin ; cet homme si indépendant par sa fortune, si élevé par son rang, se serait souillé d'un pareil crime et aurait voué à la mort un être de son sang, dans un âge où l'on ne mérite ni ressentiment ni haîne !...

Lydie, la douce Lydie, en adop tant une partie de cette confession, repoussait l'autre, et ne pouvait croire à un si grand forfait ; elle eût entrepris de défendre son oncle, si le regard d'Astolfe n'eût exprimé la conviction intime de tout ce qu'il avait entendu. En effet, Henrico venait de rappeler quelques circonstances qui en ramenaient une foule d'autres dans sa mémoire ; il en crut jusqu'à l'horreur que lui avait causée

la première vue d'Aurélio, et les persécutions que cet homme avait dirigées
sur lui depuis qu'il en avait été reconnu , lui indiquaient encore celui
qui s'était fait son bourreau.

Néanmoins, l'air malin et hypocrite d Henrico n'était guères propre
à donner de la confiance en son discours, et le chevalier de Valmire,
ennemi de toute intrigue et de toute
duplicité, était celui, de tous, qui craignait le plus de se livrer à ce valet
dangereux, lequel n'offrait aucune
sûreté dans ses paroles, aucun motif
de croyance, et n'avait donné jusqu'alors que des détails très-insuffi-
sans sur cette étrange aventure.
Voulait-il, en attirant Astolfe dans les
Pyrénées, lui tendre un piége? était-
il l'agent subalterne de quelque en-

IV. 7

nemi secret? et cette histoire, faite à plaisir, ne devait-elle pas servir de prétexte à quelqu'action coupable? Il lui paraissait difficile de distinguer en cette occasion le mensonge de la vérité, et il invoquait toute la prudence humaine pour y réussir.

Chacun restait recueilli dans ses pensées, lorsque le chevalier annonça la résolution d'accompagner Astolfe aux Pyrénées, d'aller avec lui sommer l'ermite de détruire toute espèce de doutes en dévoilant les secrets dont on le disait possesseur.

Cette offre fut acceptée avec reconnaissance et appréciée comme elle le devait être dans les circonstances présentes.

— Songe, dit M. de Valmire à Henrico, que tu seras notre-guide, et que si tu as menti je t'assomme!

— Et si je tiens plus que je n'ai promis? répartit l'adroit portugais.

— Ta fortune est faite, répondirent à la fois Astolfe et Lydie.

— Lisez donc d'abord ceci, dit alors Henrico. En même temps il présenta au colonel le papier dont il était en peine depuis quelques jours; ce qu'ajouta le confident de Gonzalès l'assura que cet écrit était bien le même dont il avait regretté la perte.

— Cette lettre, dit-il, est à mon adresse; elle a été tracée par don Aurélio lorsqu'il me croyait à Lisbonne: mon retour subit l'a rendue inutile; elle ne le sera point pour vous, puisqu'elle vous instruira en partie du motif de mon séjour en Portugal, et de celui plus intéressant qui me l'a

fait quitter. Sans doute qu'à l'instant
de mourir, don Aurélio mon maître
voulut que le colonel en prit communication (car son désir ne m'é-
chappa point); mais comme cet écrit
fut oublié et qu'il m'appartenait réel-
lement, je l'ai gardé jusqu'à ce jour;
il servira à vous prouver que je ne
me suis point trop avancé et qu'il ne
tenait qu'à moi de vous taire ce mystère important.

Astolfe se saisit aussitôt de la lettre que lui présentait Henrico; elle
lui était en effet destinée, sa suscrip-
tion l'indiquait; elle contenait ce qui
suit :

Don Gonzalès à Henrico.

« Que m'apprends-tu ? la dona
» Maria est à Lisbonne, elle est par-

» venue jusqu'au prince et rede-
» mande à la fois et son frère et son
» fils! Comment! elle a osé lever le
» voile redoutable de la vérité, et quit-
» tant la retraite où elle devait mourir
» après y avoir vécu ignorée, elle n'a
» pas craint de former quelques om-
» bres sur l'éclat de ma vie? Ne te trom-
» pes-tu point? es-tu bien instruit?..
» Crédule Henrico, n'est-ce point là un
» rêve de ton cerveau épais et troublé?
» Ne m'avais tu pas assuré de même
» que Zéliore n'était plus, et pour-
» tant... Mais non, je relis ta lettre,
» j'y pèse chaque mot, et j'y vois bien :
» *— La dona Maria de Gonzalès est*
» *rentrée dans sa patrie, elle s'est*
» *fait reconnaître par sa famille ; ses*
» *malheurs ne sont plus un mystère ;*
» *elle a porté sa voix jusqu'au trône,*

» elle y a nommé don Aurélio, en re-
» demandant son fils. »

» Qu'elle tremble donc, cette
» femme audacieuse! je saurai la pu-
» nir d'une incroyable témérité, et
» suspendre le son de cette voix qui
» m'accuse... Que ne suis-je à Lis-
» bonne! loin de redouter ces dis-
» cours menaçans, j'accablerais de ma
» puissance ceux qui osent les tenir,
» je les ferais rentrer dans la pous-
» sière, et ressaisissant la confiance
» ébranlée du prince, j'entourerais
» encore le reste de ma vie d'hon-
» neurs et de gloire...

» Toutefois, Henrico, ce désir est
» loin de son accomplissement : la
» maladie qui me retient ici me con-
» sume, elle me trace une route de
» douleurs dont la mort sera peut-

» être le terme. Fais tête à l'orage en
» mon absence, continue à entrete-
» nir le monde de nos missions sain-
» tes, de nos œuvres, de nos dangers;
» éblouis le vulgaire. Instrument de
» nos grands desseins, suis fidèlement
» l'impulsion que tu as reçue ; agis,
» parle et répète ce que tu as en-
» tendu ; soumets les sots enfin ; ils
» font la réputation, et les grands adop-
» tent l'opinion universelle. Rappel-
» le-toi que les premiers ne croyent
» point aux torts d'un homme qui a
» le ciel pour lui, et que les autres
» craignent de s'en convaincre et
» n'oseraient l'en punir...

» Si mes forces me le permettent,
» j'irai bientôt affronter le danger et
» réduire mes ennemis au silence;
» attends-moi donc, ton retour ici ne

» devra avoir lieu que dans le cas
» d'une disgrâce ; mais éloignons cette
» idée... Que sont les plaintes d'une
» femme ? dénuées de preuves, elles se
» perdent au milieu des airs... Le frère
» Grégorio est mort ; les pères de
» mon ordre possèdent trop bien
» l'esprit de leur état pour trahir leur
» supérieur, Dieu et l'honneur de la
» religion le leur défend ; et d'ailleurs
» ceux même qui m'accompagnaient
» à l'île de Noronha n'ont qu'une par-
» tie de mon secret. Toi, Henrico,
» qui depuis tant d'années me sers de
» bras droit, n'es-tu pas un autre moi-
» même ? Allons, rejetons toute ab-
» surde supposition. — Cette lettre te
» sera remise avec les précautions
» d'usage entre nous, et destinée au
» feu dès que tu l'auras lue ; j'y joins

» des instructions utiles pour ta ma-
» nière de parler et de te conduire,
» car, esprit grossier ! que serais-tu
» pour moi sans ton zèle ? Aye donc
» soin de te conformer scrupuleuse-
» ment à mes avis, et songe aussi que
» jamais tes efforts n'auront reçu de
» si vastes récompenses que celles
» qui t'attendent en cette occasion...

» A propos, le croiras-tu ? je n'ai
» pu me délivrer de l'être inconceva-
» ble dont la présence me fatigue et
» me tue... O fatalité !.... Mais... Est-
» ce qu'en effet il en existerait une !... »

Cette lecture jeta tout à coup une
horrible clarté sur la vie d'Aurélio;
cet édifice de sainteté qu'il avait su
élever avec tant de peines, venait de
s'écrouler, et il ne restait qu'horreur

et surprise dans l'âme des assistans, qui
si long-temps avaient honoré ses vertus factices.

Lydie ne pouvait croire ce qu'elle
entendait, et tant de ruse, une si
profonde hypocrisie, une froideur de
caractère si combinée, n'étaient point
conçus de son cœur sincère et vertueux.

— Oh! disait-elle, éloignez cet
horrible écrit, il semble l'œuvre du
démon ; jamais, ah! jamais un homme
sensible et chrétien n'a pu le tracer.

A cette extrême consternation avaient
succédé les réflexions que fournissait
naturellement le sujet de cette lettre,
elles étaient en faveur de l'humanité,
car chacun pensait qu'il était rare de
rencontrer de semblables caractères,
et que les oppositions, au contraire,

étaient fréquentes. Pour Astolfe, il
voyait se dérouler devant lui les mystères qui long-temps avait occupé son
imagination. Il brûlait de connaître
entièrement le sort de ceux qui lui
avaient donné le jour, et surtout de
cette mère qui, bravant la timidité
de son sexe et peut-être des périls
sans nombre, avait quitté une con-
trée lointaine pour venir réclamer
son fils.

Changeant alors d'avis, il voulait
sans retard se rendre à Lisbonne ; la
lettre de don Gonzalès devait lui servir de pièce authentique et prouver
sa naissance et ses droits. Astolfe voulait tout tenter pour faire rendre à sa
mère une satisfaction éclatante; mais
à peine avait-il formé ce souhait,

qu'il vit Lydie pâlir et trembler, il perdit aussitôt l'exaltation dont il était animé, et se rapprochant d'elle,

— Chère Lydie, lui dit-il, que dois-je faire ? ah ! daignez régler ma conduite, ma volonté, je vous soumets mon désir : si votre cœur le repousse, j'y renonce à jamais....

— Astolfe, lui répondit-elle, allons-nous devenir cruels et méchans lorsque le bonheur nous sourit ?..... Le malheureux Gonzalès, votre parent et le mien, est devant Dieu ; son repentir peut-être a trouvé grâce pour ses fautes, voudrions-nous remuer ses cendres, ternir sa mémoire..... ah! plutôt imitons le ciel miséricordieux, pardonnons; votre mère oubliera dans vos bras ses longues peines, allons la trouver, et contentons-nous de pleurer ensemble le crime expié de celui qui n'est plus.

— A ces mots, Louisa, attendrie, pressa Lydie sur son sein; Astolfe, tombant à ses genoux, jura de pardonner et d'obéir : des larmes s'échappèrent des yeux du comte de Morenberg, personne plus que lui ne jouissait d'un spectacle doux et vertueux. J'emporterai, pensait-il, ce souvenir dans ma chaumière !

M d'Elmance et le chevalier de Valmire continuaient d'interroger Henrico pendant cette scène touchante ; ils apprirent alors, et répétèrent que don Aurélio, en voyant reparaître son confident, frappé de l'idée que son retour devait annoncer une disgrâce, se croyant déshonoré, perdu aux yeux

du monde et de son souverain , n'a-
vait pu résister à ce coup affreux : et
que, lorsqu'il put connaître le véritable motif du voyage de son valet,
le mal était sans remède ; Gonzalès
était déjà la proie de la mort , quand
il put entendre la relation qui devait
le réjouir et combler ses vœux ; elle
n'avait fait qu'ajouter à ses regrets et
à son supplice.

Il était certain pourtant que le roi
s'était refusé à toute croyance sur ce
qui pouvait compromettre son favori,
et que, loin d'obtenir justice et protection , la dona Maria de Gonzalès
avait disparu peu après son arrivée à
Lisbonne, sans qu'on sût ce qu'elle
était devenue. Henrico, interrogé vivement, avoua qu'il croyait pouvoir
attribuer cet acte de violence au su-

périeur des Dominicains, maintenant ce jeune Emmanuel, créature de don Aurélio, le même qui l'avait suivi jusqu'en France, et qui lui avait succédé dans cette auguste place, depuis qu'une mission, émanée de la Cour, avait porté Gonzalès vers d'autres honneurs et vers un autre but.

Ce don Emmanuel, soutenu et protégé par son ancien supérieur, jouissait actuellement d'un certain pouvoir, et il en avait fait probablement usage à l'instant où l'on attaquait publiquement la moralité et le caractère de son chef.

Henrico ajouta qu'enfin il se hâtait de venir annoncer à Gonzalès cette disparition, avec les circonstances qui l'avaient suivie, quand la mort l'empêcha de profiter de ce résultat favorable autant qu'inattendu, et de goûter son triomphe.

Cette explication fit frémir Astolfe. Il connaissait trop l'esprit vindicatif des hommes qui s'étaient arrogé le droit de persécution sur sa mère, pour ne pas redouter l'abus de leur pouvoir sans bornes; il ne savait où arrêter sa pensée, quand il songeait que des moines avaient à venger leur chef d'une atteinte faite à sa réputation, et à assoupir le crime d'un d'entre eux.

En conséquence, il résolut d'aller, avant tout, au secours de celle qui courait pour lui un aussi grand danger, et chacun applaudit au sentiment qui le dirigeait, en lui conseillant néanmoins la plus extrême prudence.

Le comte de Morenberg y ajouta

l'avis qu'on ne devait point négliger les inductions qu'on se promettait d'une visite à l'ermite des Pyrénées. Sa sagesse, son expérience, et les droits d'amitié qu'il avait acquis sur le cœur sensible d'Astolfe, rendirent ce dernier docile à ce conseil, et il fut convenu qu'avant de s'embarquer pour Lisbonne il irait voir le frère Grégorio.

M. de Valmire n'avait point perdu de vue son premier desir; il sentait le besoin d'agiter sa vie pour faire taire ses regrets, et tout ce qui présentait l'idée d'actions chevaleresques et périlleuses charmait trop son imagination pour laisser échapper l'occasion de les tenter. Il devait donc partir avec le colonel : chacun, d'une voix unanime, proposa alors d'accompagner les deux voyageurs jusqu'à l'ermitage où Henrico devait les con-duire. Un intérêt que rien ne peut rendre s'attachait plus que jamais au sort du fils de l'infortunée Maria.

On fut donc d'accord pour se mettre en route dès le lendemain, et Lydie, qui depuis long-temps ne savait plus vivre sans Astolfe, fut heureuse de ce projet ; mais depuis qu'elle sentait naître l'espérance au fond de son âme, et le bonheur entourer son amour, elle était plus timide pour exprimer ses vœux, et en souscrivant à ceux de ses amis, sa rougeur seule annonça son plaisir. ...

Cette séance, qui avait réuni tant de communications importantes, laissa tous ceux qui y avaient eu part dans une situation d'esprit mêlée

de trouble et de joie ; mille réflexions venaient les occuper tour-à-
tour. Quant au mulâtre, il avait
éprouvé des sensations inexprimables ;
mais l'amour et la reconnaissance
finirent par l'absorber tout entier,
et après qu'Henrico fut sorti, il mit
un genou à terre avec un air de so-
lennité qui attira tous les regards sur
lui.

—O Lydie ! s'écria-t-il, vous qui
m'avez consolé dans ma misère, qui,
en accueillant mon dévouement,
m'avez préservé du désespoir, grâces
vous soient rendues de tant de bontés !
en soutenant mon âme vous m'avez
accordé plus que la vie, et aujour-
d'hui, comme au temps de son in-
fortune, le pauvre Astolfe vous la
consacre, cette vie qu'il vous doit :

soyez-en l'arbitre à jamais.........Ah!
quoi qu'il en soit,. mon sort n'est
point changé : il était d'exister ou de
mourir pour vous !...

Lydie émue, voulut l'interrompre ;
mais il continua :

— Et vous, comte de Morenberg,
mon père, mon ami, j'ai accepté vos
dons, je me suis paré du titre si beau
que vous m'aviez destiné ; mon cœur
reconnaissant le gardera jusqu'au
tombeau ; et quel que soit le sort qui
m'attend, je ne ferai qu'ajouter un
nom plus honorable à celui que j'ai
reçu de vous : que le ciel reçoive mon
serment. Le fils d'Almanzar n'oubliera
point celui qui dans la détresse et
l'abandon voulut bien devenir son
père ; je serai la preuve d'une générosité sans exemple, et pourrai dire à

mes semblables : Ah ! ne méprisez
pas le malheur ; peut-être celui que
l'opinion repousse , que la société
condamne, est digne de vous. Qu'il
rencontre une seule âme qui le juge,
et il retrouvera sa place devant les
hommes comme il l'a devant Dieu !

Cet élan de reconnaissance était le
seul peut-être qui convînt au vertueux comte ; il détestait la flatterie,
et la nommait bassesse quand il s'agissait de bienfait : relevant donc le brave
et sensible jeune homme , il le pressa
sur son sein , tout le monde lui donna
des témoignages d'estime et d'affection , et Lydie , entraînée par l'exemple autant que par l'exaltation du
sentiment qu'elle éprouvait, lui tendit
la main en disant :

—Astolfe, puisse l'amour payer toutes les dettes du cœur, le mien est à toi pour la vie !

Chacun regarda cet aveu comme le présage d'une union prochaine entre Astolfe et Lydie. Après tant de maux il semblait que le ciel leur devait ce bonheur, et chacun en forma le souhait sincère... Pour Astolfe, dans une extase muette il sentait si vivement la félicité de ce moment, qu'il ne pouvait songer à l'avenir.

· CHAPITRE XXXV.

Au pied du Pic du midi (*) , dans
un site sauvage et pittoresque, les
voyageurs, après quelques jours de
marche, découvrirent la cellule où
Henrico avait laissé le frère Grégorio :
on voyait à une hauteur considérable
le mont couvert de noirs sapins ;
dans quelques endroits ils formaient
des masses semblables à d'immenses

(*) Très haute montagne des Pyrenees.

foréts, ailleurs ils étaient rares et soli-
taires et paraissaient placés là comme
des ombres entre la terre et le ciel;
des cascades naturelles rompaient le silence de ce lieu, et leurs eaux ferrugi-
neuses, bouillonnant et tombant avec
fracas, se faisaient entendre au loin;
un sable brûlant, sur lequel nulle trace
d'hommes ne se laissait apercevoir,
annonçait l'isolement, la solitude, et
préparait l'âme à cette impression
d'oubli, si difficile à supporter pour
tout être pensant; on eût dit que
cette barrière colossale marquait les
bornes de l'univers, et que là finis-
saient les affections humaines : il n'y
avait qu'un religieux repentir qui
pût faire rechercher ce séjour comme
un asile de pénitence; et l'amour heureux, en choisissant un désert, ne

l'eût pas même habité, malgré son fanatisme et ses illusions.

C'est là pourtant qu'un malheureux
se punissait des fautes qu'un homme,
mort dans la prospérité, lui avait fait
commettre. Depuis le jour où Grégorio fut dans l'intime confidence de
son supérieur, il crut voir l'enfer ou-
vert devant lui; et, après s'être prêté
à regret aux services qu'on attendait
de son vœu d'obéissance, il avait
senti que Dieu parle avant les hommes
dans une conscience encore pure, et
que, lorsqu'on repousse un instant
cette voix redoutable, elle vous pour-
suit jusqu'au dernier jour de la vie.
Les sophismes d'un adroit hypocrite
n'avaient pu effacer dans une âme
simple le sentiment de la religion
naturelle qui défend la violence et

IV. 9

l'injustice envers ses semblables : Grégorio joignait à une foi sincère des
craintes superstitieuses, et il crut ne
retrouver la paix dans ce monde et dans
l'autre, qu'en s'imposant les peines les
plus sévères.

C'est dans cet exercice de pénitence
continuelle qu'Astolfe et ceux qui l'a-
vaient accompagné trouvèrent l'infortuné religieux. Sa cabane suffisait
à peine à le préserver des injures du
temps ; des herbes et quelques fruits
sauvages faisaient sa nourriture ordinaire : il avait peu de communication
avec les vivans, et l'âge et les privations avaient affaibli son corps déjà
macéré ; cependant son esprit avait
conservé quelque vigueur, et d'après
les insinuations d'Henrico il ne parut
pas surpris de le voir revenir dans sa

demeure. On avait envoyé celui-ci
d'abord vers lui, pour éviter l'effet
qu'une assemblée si nombreuse pouvait produire sur un vieillard débile
et accoutumé à la retraite; mais on le
suivit de près.

Grégorio était alors à demi-couché
sur sa natte; quand on lui montra
Astolfe en le nommant, il bénit la
providence!

— Je mourrai content, dit-il; depuis vingt ans je prie le ciel qu'il
exauce ma prière en me montrant
l'enfant de l'infortunée Maria. Oui, le
voici, je retrouve en lui les traits de
sa malheureuse mère... Mais, conti-
nua-t-il, le temps est précieux, car
Dieu a compté mes jours, il ne m'en
reste plus à perdre. Zéliore, brisez
ce vase, vous y trouverez des parche-

mins que je ne voulais remettre qu'à
vous; là, j'ai tracé des événemens,
pour la plupart ignorés jusqu'alors,
et dont les détails sont vrais autant
que fidèles : je les ai écrits dans un
temps où ma mémoire servait encore
mon cœur. Don Gonzalès et moi en
avions seuls connaissance; mais l'imposture a son terme, et l'heure de la
vérité est venue.

En disant ces mots, le vieillard indiqua le manuscrit qu'il conservait
avec tant de soin, Astolfe le reçut
de ses mains; tandis que Lydie con-
sidérait avec une horreur secrète un
des artisans des malheurs de son ami,
elle croyait voir le religieux recevant
le prix de l'esclavage auquel on l'a-
vait condamné, et livrant un jeune
enfant dont la noble origine lui était

connue, à l'ignominie, à une douleur
qui pouvait être éternelle, et le spectacle de sa longue pénitence ne réus-
sissait point à l'attendrir; en tout autre
temps, la figure altérée de l'ermite,
ses cheveux blancs, eussent porté
dans son âme un tendre respect, elle
se fût courbée devant lui comme devant l'interprète de la divinité ; mais
l'idée de ses torts, de son indigne faiblesse, effaçait à ses yeux la grandeur
de son repentir : Astolfe lut dans son
regard toute sa pensée et se rapprochant d'elle, il lui dit à demi-voix :

— Chère Lydie! sans lui, votre
ami n'existerait plus!...

— Il est vrai, répondit-elle ; faut-
il donc l'absoudre aussi des larmes
qu'il a fait répandre, des maux qu'il
a causés!

— Ah! je lui dois d'avoir vu Lydie, ce bonheur ferait oublier un
siècle de souffrance!

— Et notre séparation et nos sacrifices, ne les comptez-vous point! Astolfe, vous êtes devenu bien généreux!...

— Cruelle! repartit-il, si vous me
parlez de vos douleurs, voulez-vous
que je devienne barbare à mon tour?

— Non, non, Astolfe; vous avez
raison, oublions les méchans; ils
doivent être bien malheureux!

Louisa, dont la réflexion et le jugement étaient d'autant plus sains qu'aucune passion ne venait la troubler,
examinait avec l'œil de l'observation
ce que pouvait sur l'esprit humain la
crainte de l'avenir, et la foi, malgré
le crime; elle admira d'autant plus

cette religion qui laisse l'espoir de
la réconciliation au fond des cœurs
coupables, et répand quelque douceur sur les moyens terribles d'expia-
tion qu'elle permet et accepte de la
part de dieu.

— O religion sublime et sainte !
s'écria madame d'Elmance, toi seule
entre toutes sais apaiser les cris dé-
chirans d'une conscience chargée
d'offenses; toi seule offres un refuge
aux criminels, comme une récompense à la vertu ; par toi le ciel s'ou-
vre au pénitent, comme à l'élu ; oui,
les hommes maudissent encore quand
Dieu a pardonné , et la véritable clémence n'appartient qu'à celui qui
peut deviner les cœurs! Qu'il est
beau ! qu'il est consolant de pouvoir
l'implorer à toute heure , cette di-

vine clémence qui se montre toute
entière au dernier de nos jours !...

— Le vieillard l'entendit, il releva
sa tête appesantie vers les cieux,
d'un air qui exprimait à la fois la
confusion et l'espérance ; la vue des
personnes qui l'entouraient lui rappelait ses fautes , il n'osait les
fixer ; et comme l'avait dit madame
d'Elmance , il ne cherchait plus que
l'aspect du séjour où l'on pardonne :
toutefois, il ne dit plus rien, et rentra pour toujours dans le silence
qu'il s'était imposé et qu'il n'avait
rompu que pour attester hautement
la vérité.

Chacun respectant son vœu et sa
solitude, ne se permit plus aucune
question ; le but qu'on s'était proposé était rempli, et toute la société

quitta la cellule de l'ermite. Lorsqu'Astolfe, avant de s'éloigner, lui
eut témoigné sa reconnaissance, on
vit une expression de sérénité sur ce
visage pâle et sombre; sa bouche ne
prononçait plus que des prières, mais
elles avaient alors l'accent de l'action de grâce.

Henrico referma la porte de l'ermitage en souriant de ce rire des en-
fers qui tient de la malignité et du
désespoir; on eût dit qu'il plaçait la
dernière pierre sur le tombeau de
son ennemi, et toute sa pensée était
dans la facilité avec laquelle ce qu'il
avait promis avait réussi, et surtout
dans la récompense qui devait suivre
les obligations qu'Astolfe avait con-
tractées envers lui. Le mépris et la
méfiance, loin de l'accabler, sem-

blaient être une part qu'il s'était faite depuis long-temps, et il se croyait habile et courageux, quand il n'était que rampant et hardi.

Cependant ce personnage aussi vil que dangereux n'avait pas même acquis l'importance dont il s'était flatté; et à peine eut-il rempli les conditions exigées par le colonel, que celui-ci se hâta peut-être imprudemment de s'en défaire. Il fut éloigné après avoir reçu le prix de ses services, qui surpassa, non ses désirs, mais ses prétentions.

Toute la société se rendit à la ville la plus voisine. Rien n'égalait la curiosité que chacun témoignait d'entendre la lecture des mémoires écrits par le frère Grégorio : malgré la fatigue de la route, Lydie ni madame d'Elmance ne voulurent point qu'elle fût remise au lendemain. On veilla fort avant dans la nuit, et au milieu de cette réunion de personnes chères, Astolfe lut à haute voix ce qui suit :

Mémoires de Grégorio.

Il y avait déjà plusieurs années que j'étais entré dans l'ordre des religieux dominicains, et que j'habitais un des couvens de Lisbonne, lorsque notre supérieur mourut. J'aimais mon état, que j'avais adopté par goût, et quoiqu'un des plus anciens de ceux qui se trouvaient dans le même couvent avec moi, je n'avais nulle idée d'ambition, ni aucun désir de gouverner mes frères; je vis donc, sans envie comme sans regret, un étranger placé à la tête de notre maison. On vantait sa naissance, sa vocation, et les sacrifices exemplaires qu'il avait faits pour embrasser la vie monastique; car au lieu de goûter les plaisirs et les honneurs qui l'attendaient dans le monde, il avait préféré se consacrer à une vie toute de privations. Il était jeune encore, et cependant son mérite était tellement renommé à Lisbonne, que lorsqu'il prêchait notre église se remplissait d'une multitude de fidèles qui accouraient de toutes parts pour l'entendre. Cet homme était don Aurélio de Gonzalès; sa famille était distinguée, elle se composait alors d'un frère marié en Amérique et d'une jeune sœur appelée Maria, dont il était le tuteur depuis la mort récente de ses parens.

Don Aurélio fit, dès son arrivée au couvent, quelques réformes qui servirent à le faire craindre. On murmurait de sa sévérité, et pourtant elle lui attirait le respect de ceux qui d'abord avaient méprisé sa jeunesse. Je ne sais comment cela se fit ; mais don Aurélio parut vouloir m'attacher à lui préférablement à ceux de nos frères qui lui faisaient une cour assidue ; il m'entretenait souvent en particulier, me confiait quelques-unes de ses réflexions, me chargeait volontiers des missions qu'il jugeait délicates à remplir, et bientôt je ne le quittai plus.

Cette distinction à laquelle je n'avais point aspiré me flatta beaucoup néanmoins. Un sentiment de vanité pour la première fois traversa mon cœur ; j'attribuai à mon mérite personnel une préférence qui déjà m'attirait mille chagrins, et que l'orgueil que j'en conçus m'aidait à supporter. Depuis, j'ai senti que don Aurélio n'avait fondé sa confiance en moi que sur une idée tout-à-fait contraire à la mienne, et que la simplicité de mes manières et de mon langage l'ayant porté à croire que j'étais incapable de penser autrement que par lui-même, ni de juger ses propres intentions, il s'était promis de tirer parti de mon caractère naturellement facile et soumis, pour le seconder dans toutes les circonstances pour lesquelles il ne voudrait point se mettre en avant.

Il commença donc par se servir de moi dans quelques détails peu importans, fut satisfait de ma discrétion et de ma docilité ; si j'étais heureux par amour-propre, je l'étais aussi par sentiment, et me croyais honoré de sa confiance : j'avais enfin la faiblesse de penser que Gonzalès voulait un ami, tandis qu'il n'avait cherché qu'à se faire une créature servile, dévouée, qui fût assez engagée près de lui pour ne pouvoir un jour ni l'abandonner ni le trahir. Au reste, il possédait si bien l'art de persuader, qu'en l'écoutant on se sentait comme fanatisé par ses paroles et prêt à tout entreprendre pour obtenir de lui un seul regard d'approbation. Le prestige dura long-temps, et je ne maudis cet ascendant funeste que lorsqu'il m'eut entraîné loin de la route paisible et vertueuse que j'avais suivie jusqu'alors.

Sous un extérieur froid et composé

don Aurélio cachait un esprit entreprenant et des pensées ambitieuses ;
à peine fut-il dans les ordres, qu'on
lui conféra plusieurs dignités ecclé-
siastiques ; mais s'il parut choisir la solitude du cloître et s'arracher aux
distinctions dont il avait été l'objet,
ce fut alors même qu'il songeait le
plus à établir sa réputation et à
étendre son pouvoir : une maison,
une ville, un royaume étaient trop
circonscrits pour son vaste génie ; il
lui fallait un autre monde, des conquêtes et peut-être un trône ; du
moins ses actions prouvèrent-elles
jusqu'à quel point il avait élevé ses
désirs et son espoir.

Plusieurs missions avaient eu lieu
en Amérique et déjà la religion chrétienne avait pénétré dans cette nou-

velle partie du globe, cependant il restait encore un grand nombre de pays idolâtres; don Aurélio conçut la pensée d'aller lui même travailler à leur conversion, et de soumettre, avec leur ancienne croyance, leurs habitudes, leur liberté, enfin de faire servir à la gloire de son pays les intérêts de la religion, et de devenir l'homme le plus recommandable comme le plus puissant du royaume après son souverain.

Personne ne pénétra ses vues; et lorsqu'on connut quels pieux desseins allaient l'éloigner de sa patrie, l'admiration, l'enthousiasme se manifestèrent de toute part; les grands, le peuple applaudirent à son zèle, jamais un acte pieux n'avait autant attiré les louanges des hommes, car don Au-

IV.   10

rélio connaissait autant l'art. de captiver cette attention générale que celui d'échapper à la pénétration des autres.

Le roi avait donné son assentiment à cette sainte entreprise, et plusieurs religieux dominicains regardèrent comme une insigne faveur le choix qu'on fit d'eux pour accompagner le chef des missionnaires en Amérique et y établir le christianisme. La ferveur pour cette expédition se communiquait, et fut si ardente, que, comme au temps des croisades, il y avait une espèce de rivalité parmi les religieux pour obtenir la gloire des dangers et de la mort. Ce zèle avait passé jusqu'aux femmes, et des religieuses avaient sollicité la grâce de fonder des mai

sons de leur ordre dans les pays nou-
vellement convertis.

A cette époque don Aurélio tenait
sa jeune sœur Maria dans un couvent
à Lisbonne, et l'avait destinée à y
prendre le voile dès qu'elle aurait
l'âge convenable. Soit qu'il crût son
bonheur et son salut plus assurés dans
cet état, soit qu'un motif humain se
fût mêlé à cette décision, et que les
grands biens de Maria fussent alors
utiles à ses projets, cette jeune et
belle *personne* fut condamnée à une
solitude éternelle dès qu'elle eut le
malheur de devenir orpheline.

Maria avait seize ans lorsque son
frère forma le projet de passer en
Amérique : sa beauté était céleste;
très-grande de taille, avec un main-
tien noble et imposant elle avait la

candeur peinte dans les traits, et
néanmoins cet air innocent et vir-
ginal ne lui ôtait pas une expression
très-vive lorsqu'elle s'animait en par-
lant : pieuse et soumise, la jeune
Maria, élevée au milieu des murs d'un
couvent, n'avait pas eu le temps d'interroger son cœur sur sa vocation.
Comme le jeune Isaac entraîné vers
le bûcher et cherchant hors de lui la
victime du sacrifice, elle eût demandé
ce qu'on attendait d'elle : bientôt elle
l'apprit ; et si les projets nouveaux de
don Gonzalès influèrent sur son sort,
ils n'avaient rien changé à sa première destination.

Les autres parens de Maria blâ-
maient le despotisme qu'exerçait le
dominicain sur sa jeune sœur ; il était
donc à craindre que pendant son

absence, qui pouvait être longue, on
ne la détournât d'embrasser un état
qu'il avait choisi sans la participation
de sa famille. D'un autre côté, l'in-
téressante orpheline était trop jeune
encore pour prononcer ses vœux, et
Gonzalès eût tenté en vain de l'enchaîner, comme il l'eût souhaité,
avant son départ. En conséquence,
il sut faire naître dans l'âme de cette
jeune fille un désir extraordinaire,
qu'elle prit pour une inspiration du
Ciel ; Maria se crut appelée à tra-
verser les mers pour ramener à Dieu
quelque âme infidèle. Elle se sentit
entraînée, subjuguée par l'idée d'un
tel dévoûment, qui se fortifia encore
dans son cœur par les discours qu'elle
recueillait, par les pieuses exhorta-

tions des prêtres, et surtout par l'exemple de son frère.

Malgré la faiblesse de son âge et de son sexe, Maria ne rêvait plus qu'à la gloire de s'associer à son œuvre sainte, à le suivre enfin chez les impies du Nouveau-Monde ; et, sans en mesurer les difficultés, elle en fit le vœu secret. Gonzalès lui fit alors publiquement quelques remontrances que ce vœu rendit inutiles, ainsi que l'avait prévu celui qui le lui avait inspiré : une exaltation semblable n'avait rien de surprenant.

Le fanatisme religieux est comme l'excès dans les autres passions ; il cache les obstacles pour laisser voir tout entier un but agréable ou glorieux; il emporte l'imagination hors

des bornes prescrites par la froide
sagesse ; et une âme neuve et ardente
peut plus que toute autre se laisser
saisir par ce sentiment exagéré , surtout quand la charité chrétienne vient
enflammer un cœur déjà séduit par
la pensée et le goût des choses extraordinaires.

Don Gonzalès était donc parvenu
à soustraire sa sœur aux insinuations
de sa famille , à l'enlever à leur pouvoir , et toutefois il s'était mis à l'abri
de toute responsabilité en paraissant
blâmer une démarche si hasardeuse.
Cette contrariété même d'un instant
n'avait donné que plus de force à la
résolution de Maria , et don Aurélio
parut ne céder qu'à ses sollicitations
pressantes lorsqu'il s'occupait déjà
des moyens de sûreté pour le long et

pénible voyage qu'elle avait résolu d'entreprendre. Tout était prévu : une religieuse dévouée à Gonzalès, et la nourrice de Maria, devaient l'accompagner ; elle-même, vêtue en habit de novice, se montra à tous ceux qui devaient s'embarquer dans cette expédition périlleuse. Ils étaient déjà réunis ; l'embarcation se voyait dans le port de Lisbonne, et tout le peuple allait visiter le vaisseau principal, sur lequel une croix s'élevait comme un signe de miséricorde et de salut. La bénédiction s'en était faite d'une manière solennelle, et le jour du départ était arrivée.

La dona Maria, couverte de vêtemens blancs avec un voile de même couleur, parut sur le tillac à la vue d'une foule innombrable de spectateurs, qui tous applaudissaient à son action héroïque ; son frère était debout près d'elle et semblait la protéger, tandis que les religieux désignés pour le suivre dans sa mission apostolique, étaient à genoux, implorant les grâces du Très-Haut, qui seul pouvait leur accorder l'honneur du martyre ou du succès.

Maria, au milieu d'eux, ressemblait à un ange envoyé du ciel pour servir d'interprète aux volontés suprêmes, et sa taille svelte et légère, la pureté de son regard, rendaient cette illusion frappante pour tout le monde.

Je faisais partie de ceux qui avaient quitté leur couvent pour mener, à l'exemple du chef, une vie errante et laborieuse ; je n'avais point sollicité cette grâce, ne me croyant point assez

IV.   11

de talens pour devenir un digne apôtre évangélique; mais don Gonzalès
avait parlé, je le suivis.

On ne peut se faire une idée du
zèle qui animait ceux qui faisaient
partie de cette mission, chacun s'y
préparait par des prières, par des
mortifications, et des actes de piété
plus fréquens étaient la seule manière de se distinguer parmi ces
hommes réunis au nom de Dieu, qui
tous aspiraient à l'honneur de servir
dignement la belle et noble cause
pour laquelle ils avaient abandonné
le ciel de la patrie et la paix d'une
vie uniforme et facile.

L'exemple de la jeune Maria portait dans tous les cœurs un enthousiasme que sa présence augmentait
encore. On ne la voyait qu'aux heures

de la prière commune; mais alors
son regard inspiré, son attitude pieuse
et modeste, encourageaient les moins
fervens. Du reste, cette jeune héroïne
vivait dans la retraite ; là, elle lisait
les livres sacrés , méditait sur la morale qu'ils renfermaient, confiait à
Dieu son innocence et n'aimait pas-
sionnément que lui. Don Gonzalès
même la voyait rarement : c'était à
moi le plus souvent qu'il s'adressait
pour lui faire parvenir ses ordres
journaliers. On eût dit qu'il redoutait de se trouver en face de la douce
victime qu'il avait abusée si cruellement ; car, autant le Ciel reçoit avec
joie les vœux volontaires , autant il
repousse ceux qui osent parler faus-
sement en son nom et se servir de la
duplicité et de l'intrigue pour com-

11*

promettre le bonheur et le salut de ses enfans ; et don Aurélio avait des vues trop humaines pour se mentir à lui-même et pour tromper celui qui sonde les cœurs jusque dans leurs moindres replis.

Maria devait continuer son noviciat sous les yeux de ce frère imposant et révéré ; ensuite , toujours dirigée par lui, elle était destinée à fonder une maison religieuse dans un des pays qui recevraient la parole de Dieu , à s'y consacrer à l'éducation des enfans , et à apprendre aux idolâtres à aimer les vertus chrétiennes par l'exhortation et l'exemple.

Déjà cette fille du ciel avait fait abandon de ses biens à don Aurélio en faveur des pauvres Indiens qu'il ne pourrait ramener dans la bonne

route qu'à force de secours et de
bienfaits ; elle faisait à l'avance vœu
d'obéissance et de pauvreté : et sans
se douter qu'elle suivait les impul-
sions d'un esprit adroit et ambitieux,
Maria s'était mise en son pouvoir
pour le reste de sa vie.

On débarqua heureusement : les
missionnaires ne tardèrent pas à se
disperser. Chacun séparément tra-
vaillait pour arriver au même but,
et leurs peines avaient été suivies du
plus heureux succès ; non-seulement
les Indiens se laissaient convaincre
par des paroles éloquentes, par le
charme de la vérité ; mais ils admi-
raient les usages des Européens, se
plaisaient à copier leurs mœurs, à les
prendre pour modèles dans leurs habitudes industrieuses et agréables : la

douceur obtenait d'eux ce que la violence n'avait pu faire, et les Portugais, à qui l'on ne soupçonnait encore
que des vues désintéressées, étaient
reçus sans crainte et sans soupçon
par les naturels du pays.

Quelques-uns, cependant, disaient
à don Aurélio : « Nos Dieux sont bons
et justes comme les vôtres ; cependant
nous n'aurions jamais pensé à quitter
nos femmes, nos enfans, notre case,
pour aller au-delà des mers apprendre
aux autres hommes notre croyance
et exiger d'eux les mêmes sacrifices
que ceux que nous offrons sur nos
autels. Pour vous, qui croyez que
nous serons plus heureux en vous
imitant, votre intention est bonne et
mérite que nous vous traitions bien ;
ce n'est point votre faute si nos Dieux

nous ont parlé avant le vôtre , si les fils du Sóleil ne voyent rien au-dessus de leurs lois , de leurs rites, de leurs temples. Nous vous remercions de vouloir nous faire participer à vos mystères ; mais nous ne saurions les comprendre. Nous tâcherons seulement de nous montrer vertueux, afin que vous appreniez à ne point mépriser notre morale ni nos prophètes; et si nos devoirs d'homme sont les mêmes , peut-être trouverons-nous un jour la même récompense après les avoir remplis. »

Ceux qui raisonnaient ainsi, se laissaient rarement aller à faire une autre profession de foi; leurs yeux, à demi éclairés, se refusaient à une clarté entière ; mais la masse du peuple, avide de sensations, de changemens, écoutait les missionnaires ; ceux des Indiens qui se laissaient convaincre formaient alors une tribu à part au milieu des leurs, et après avoir reçu le baptême, ils pratiquaient avec candeur les cérémonies augustes d'une religion qu'on leur apprenait chaque jour à aimer davantage.

Plusieurs d'entre eux, témoins du respect qu'on manifestait, dans les fêtes solennelles, pour la jeune sœur de don Gonzalès, frappés de sa beauté et confondant les nouvelles instructions qu'ils avaient reçues, avec un objet qui enchantait leurs sens ; ces Indiens, dis-je, avaient pris Maria pour la vierge adorée des chrétiens ; ils se prosternaient en sa présence, et rien ne pouvait réprimer cet hommage qui tenait à leur crédulité. Les

femmes, surtout, charmées d'avoir un
être de leur sexe entre elles et Dieu
pour l'intercéder, se complaisaient
dans cette croyance, et disaient que
l'ancienne vierge avait pris la forme
de la belle Maria pour recevoir les
adorations des pauvres Indiens et
prier en leur faveur.

Cette idée superstitieuse demeura
parmi eux, et s'étendit tellement, que
la persuasion de ce miracle faisait
plus de prosélytes que les sermons
des religieux. Don Aurélio, après
avoir tenté en vain de détruire cette
erreur, vit qu'il fallait mieux en
tirer parti puisqu'elle amenait un
bien réel, et qu'elle n'offrait que
peu d'inconvéniens.

Si donc un infidèle se refusait à
la lumière et s'il avait surtout quel-

que crédit auprès du peuple par son rang et par sa naissance, don Gonzalès, après avoir employé tous les autres moyens de conviction, faisait paraître Maria avec tout l'éclat qui pouvait rendre cette apparition plus imposante et plus décisive pour ses desseins.

Cette ruse, innocente en elle-même, était ménagée avec art, et alors les douces exhortations de Maria, les idées nobles et graves qu'elle, avait puisées dans la solitude et dans l'étude des livres pieux, le langage ardent et pur avec lequel elle s'exprimait, tout en elle opérait souvent la conversion d'une âme plutôt séduite que convaincue.

Parmi ces idolâtres, don Aurélio avait rapproché de Maria le fils du prince qui gouvernait les états dans lesquels il se trouvait alors : ce jeune homme se nommait Almanzar ; loin de suivre l'exemple de son père qui avait embrassé la religion chrétienne, il s'était refusé à toute espèce d'instruction, et voyait même avec répugnance les missionnaires dans le royaume où il était appelé à régner un jour ; il lui semblait que cette division de croyance et de culte apporterait des sujets de troubles au milieu d'un peuple uni et paisible depuis long-temps; il avait encore un autre sujet de crainte , fondé sur le caractère de Gonzalès, et que sa pénétration naturelle lui avait fait deviner.

Almanzar, enfin , avait conçu des doutes sur la pureté des motifs de ce religieux portugais; et les nombreuses conférences de celui-ci avec son père déjà affaibli par l'âge, lui devenaient de jour en jour plus suspectes. Il fondait ses soupçons sur ce que la puissance de don Aurélio ne s'étendait pas seulement sur les âmes ; ses conquêtes récentes dans la Louisiane, l'espèce de domination qu'il était venu à bout d'y exercer, aidé de ses collègues qu'il avait animés de son esprit, éclairaient Almanzar, et le portaient à croire que sous le voile de la religion, don Aurélio pourrait bien cacher le dessein perfide d'assurer son empire sur ces crédulesAméricains, au salut desquels il feignait de consacrer sa vie. Il ne doutait pas que les contrées qui s'étaient conservées jusqu'alors libres du joug des Européens, ne devinssent la part des astucieux Portugais qui avaient été reçus chez eux avec trop de confiance et de sécurité.

La mère d'Almanzar était née d'un sang européen ; mais elle suivait le culte dans lequel elle avait été élevée, et, d'accord avec son fils, elle n'avait point suivi l'exemple de son époux, qui était de race nègre.

Elle aimait avec idolâtrie ce fils, dans lequel elle mettait toutes ses espérances. Après avoir vu le Brésil envahi ainsi que la plupart des îles voisines, elle redoutait autant que lui la ruse dont elle voyait se déployer l'effrayant système, et se regardait au moment d'être dépossédée par suite de la faiblesse de son époux. Elle faisait part à son fils des menées sourdes de Gonzalès qui venaient à sa connaissance, et tous deux, unis de sentiment et d'intérét, avaient voué une haine à mort aux chrétiens et à leur doctrine.

Cette disposition n'avait point échappé à don Aurélio, il sentait trop quelle gloire ce serait pour lui de réduire l'âme altière d'Almanzar, et combien peu il devait compter sur la conquête de cette île à demi livrée par un prince vieux et crédule, tant qu'il aurait son fils pour soutien. Tous ses soins se portèrent donc vers ce jeune américain, et les obstacles doublant ses désirs et sa persévérance, il réunit ses efforts pour s'emparer d'une âme prête à se dérober à lui.

La situation de l'île de Noronha convenait sous tous les rapports à

don Gonzalès : son climat tempéré,
sa fertilité, la variété de ses produc-
tions, les mœurs douces des habitans,
chacun de ces avantages enfin la lui
avait fait regarder comme un point
agréable et sûr de réunion, dont il
était le centre, et où chacun des
apôtres de sa mission pouvait se rendre : il espérait parvenir aisément à
y régner un jour en maître; et déjà
don Gonzalès jouissant en perspective
des plaisirs attachés au pouvoir souverain, pensait que le roi de Portugal
reconnaissant des services que don
Aurélio avait rendus à son pays en lui
soumettant plusieurs contrées de
l'Amérique, le laisserait jouir en paix
de cette nouvelle colonie dont il rêvait la prospérité, s'il est vrai qu'il

en puisse exister où règne le despotisme !

Il s'agissait donc, dans les circonstances présentes, de se rendre maître
de l'esprit d'Almanzar ou de s'en défaire : don Aurélio essaya le premier
moyen et ne mit point en doute qu'il
ne finît par réussir. Le jeune prince
avait alors au plus vingt ans, ses
exercices favoris étaient la chasse
ou la guerre; il s'occupait peu des
devoirs que sa religion lui prescrivait,
et en observait les cérémonies par habitude, par vénération, plus que par
un sentiment éclairé et pieux. Gonzalès en augura qu'il aurait des pré-
jugés de moins à combattre, et qu'il
n'avait à repousser que la prévention
qui tombait essentiellement sur lui.

Pour arrriver à ses fins il combina toutes les chances possibles, et l'innocente Maria, qui était dans les mains de son frère un instrument dont il tirait des sons à volonté, loin de soupçonner qu'elle pût servir une autre cause que celle du ciel, concourut à ce dessein, qui avait sa source dans une politique condamnable aux yeux de Dieu et des hommes.

Maria n'avait jamais paru devant Almanzar, et cependant sa réputation était allée jusqu'à lui ; il la regardait comme une prophétesse adroite qui secondait par d'insidieux mensonges les partisans de sa doctrine, et l'horreur qu'il éprouvait pour les chrétiens rejaillissait sur elle ; cependant protégés par le souverain de l'île, les missionnaires poursuivaient leurs pré-

IV.   12

dications. Un grand nombre de néo-
phites devaient recevoir le baptême
en un seul jour, et don Aurélio voulait entourer de toutes les pompes
religieuses cette cérémonie nouvelle
dans un pays jusqu'alors idolâtre; le
-roi lui-même, subjugué par l'ascendant et l'éloquence de Gonzalès, avait
consenti à donner l'exemple à ses
sujets et à abjurer le culte des faux
Dieux dans le temple même où il leur
avait si long-temps offert des sacrifices
impies.

Almanzar indigné, mais n'osant par
respect témoigner sa douleur, voulait
fuir son père et l'aspect d'une fête si
odieuse pour lui; il quitta son palais,
seul, et gémissant sur le funeste aveuglement qui lui enlevait en un instant
ses dieux et sa puissance; un car-

quois était suspendu à ses épaules demi-nues, il tenait à la main un arc de bois de cèdre, ses cheveux blonds flottaient autour de sa figure basanée; aucun ornement ne couvrait sa tête, dont la noblesse était remarquable : semblable au fils de Thésée, Almanzar cherchait les forêts profondes pour y cacher sa tristesse et se dérober à la vue de ce soleil qu'il adorait et qu'il croyait outragé.

Sa mère, retirée dans l'intérieur de ses appartemens, pleurait avec ses femmes la faiblesse de son époux; elle avait vu sortir Almanzar, et son cœur le suivait.

Un groupe nombreux arrêta tout-à-coup sa marche rapide, le jeune Américain reconnut ses ennemis et ceux qu'il nommait *infidèles*; son sang bouillonnait de rage, et il allait forcer les rangs de cette multitude prosternée qui répétait à haute voix un hymne à la Vierge : à la vue de Gonzalès, portant le symbole sacré de la religion catholique, Almanzar s'avança fièrement ; et, cédant à son impétuosité, il allait lui disputer le passage, lorsque Maria, qui marchait près de son frère, le prit par la main avec une dignité aussi noble qu'imposante.

— Arrêtez, lui dit-elle, respectez nos mystères, si le ciel nous refuse la douceur de prier ensemble !

— Ce peu de mots, prononcé d'une voix émue dans le dialecte du pays que Maria savait quelque peu ; la vue de cette fille si noble, si modeste ; son geste, sa rougeur, car elle n'avait pu se défendre d'un certain trouble, cette apparition enfin suspendit la colère d'Almanzar ; il ne vit plus que Maria , il oublia tout-à-coup qu'elle était cette prophétesse qu'il détestait sans la connaître. Quelque chose de surnaturel semblait attaché à sa présence , car elle lui parut la plus belle des filles du soleil , et malgré sa répugnance il suivit ses pas après avoir d'abord cédé à sa prière.

Dans l'enceinte du temple , au milieu d'hommes abhorrés , témoin d'un culte que réprouvaient à la fois son esprit et son cœur , Almanzar ne fixa qu'un objet, il craignait de le voir disparaître comme une ombre fantastique et légère ; tous les feux de l'amour avaient pénétré l'âme du jeune Américain pour une vierge chrétienne : il sentit son mal, une vapeur

soudaine couvrit ses yeux et lui dé-
roba le sentiment de tout ce qui se
passait autour de lui ; ses genoux flé-
chirent, il tomba sans connaissance.

Maria, après l'avoir vu s'éloigner,
était rentrée dans un profond recueil-
lement ; elle n'en sortit un moment
que pour voir encore une fois Almanzar que l'on emportait hors du
temple, et ses joues se décolorèrent,
sa prière devint plus fervente. Hélas!
peut-être demandait-elle à Dieu la
conversion ou la vie de celui qui devait bientôt changer sa destinée.

Almanzar, combattu, entraîné par
l'amour qu'il ressentait pour la novice portugaise, amour indomptable
que son imagination et les obstacles
alimentaient sans cesse, fut attaqué
d'une maladie de langueur qui fit tout

craindre pour ses jours. Don Aurélio,
protégé par le père d'Almanzar, saisit
cette occasion de s'emparer de son
esprit. Le jeune Américain voulut
bien l'écouter parce qu'il était le frère
de Maria, et le souffrir quelquefois à
ses côtés ; mais il garda constamment
sa foi et se refusa toujours à trahir ses
dieux ; il conservait son énergie pour
défendre sa croyance, et n'eut de faiblesse que pour laisser deviner son
amour : don Aurélio en surprit le secret, et dès-lors il ne désespéra de
rien.

La pieuse et docile Maria fut ame-
née près du malade ; depuis qu'elle
avait su son nom, elle n'avait cessé
de s'en occuper et d'adresser au Ciel
ses vœux pour Almanzar. Elle crut
aisément ce qu'on lui disait, qu'elle

était choisie pour racheter cette âme
égarée et dissiper les ténèbres qui
l'environnaient. Maria se plaisait à
croire qu'elle en rendrait compte à
Dieu comme de la sienne , et s'iden-
tifiait par amour pour sa religion au
sort d'un infidèle.

J'accompagnais don Aurélio et sa
sœur au palais d'Almanzar; on voyait,
à l'air de Maria , que dans ce moment solennel elle recueillait ses
esprits et implorait d'en haut cette
éloquence douce et persuasive qui
quelquefois avait acquis à l'église un
enfant de plus : car lorsqu'elle parut
devant le jeune prince, une exaltation extraordinaire animait son visage. Le père d'Almanzar se tint à
l'écart ainsi que nous, et Maria s'a-
vança seule auprès du malade, qui se

promenait triste et rêveur dans une des galeries de son palais ; il n'était point prévenu de cette visite, et une joie mêlée de surprise se manifesta en lui par les plus vifs transports.

— Esprit incarné, lui dit-il, as-tu donc quitté le séjour des heureux, pour venir sur la terre consoler le plus infortuné des mortels ? O toi qui ne connais ni les larmes, ni l'amour, pardonne, et que ta douce voix vienne encore charmer mon âme....

Maria, dans cet instant, complétait l'illusion d'Almanzar ; la sérénité de son regard, son attitude, car elle avait les deux mains croisées sur la poitrine, et sa taille aérienne, rappelaient l'image de ces esprits célestes tels

IV.   13

que l'imagination des hommes aime
à se les représenter. Cependant, lorsqu'elle voulut répondre à Almanzar,
une légère émotion rendit ses paroles
moins assurées.

— Je suis un être créé comme-toi
par le Tout-Puissant, lui dit-elle; les
temps ne sont plus où la religion se
révélait aux hommes par l'entremise
des anges, dignes messagers des ordres du-vrai Dieu; consacrée à son
culte presque dès ma naissance, je
t'apprendrai son saint nom, sa loi
sublime, immuable; je l'adorerai devant toi pour te montrer comment il
veut être servi : tu l'aimeras après
l'avoir connu; alors nous mêlerons
nos pleurs, notre vie ne sera plus
qu'un acte d'amour pour lui, et nos

prières s'uniront pour monter jusqu'à son trône! Almanzar, veux-tu m'entendre?...

Le jeune Américain dévorait les paroles qui sortaient de la bouche de Maria; il les recueillait avec extase; mais le sens en était perdu pour lui: des lèvres pures et entr'ouvertes, l'idée qu'elles rendaient les pensées d'un être adorable qui voulait bien s'occuper de lui, étaient tout ce qui captivait Almanzar; il s'enivrait d'amour, il ne croyait qu'à lui en écoutant l'apôtre séduisant qui s'efforçait de faire passer dans son âme le feu divin dont il était embrasé.

Almanzar se montrait soumis, et c'en était assez pour que Maria conçût l'espérance de le convertir. Don Aurélio jouissait déjà en idée

13*

du fruit de son adresse, certain, comme il l'était, de l'angélique pureté de Maria, de l'ardeur de sa vocation religieuse; il ne prévoyait aucun danger de ses conférences multipliées avec le nouveau prosélyte, et n'entrevoyait plus qu'un léger et court obstacle au projet qu'il avait formé.

Cependant Almanzar revenait à la vie, il ne comptait plus ses jours que par les instans où il lui était donné de voir et d'entendre Maria; instruit par elle, mais non persuadé, il répétait la profession de foi qu'elle prononçait avec lui; et lorsque ses raisonnemens démentaient un aveu arraché à sa faiblesse, et qu'il voyait Maria désolée du peu de progrès qu'elle faisait dans son esprit, il se jetait à genoux à la ma-

nière des Européens en joignant les
mains devant elle, et s'écriait :

— O parle, parle toujours, toi
dont les sons flatteurs enchantent mon
oreille! j'aimerai ton Dieu, le Dieu
de Maria sera le mien!... Mais ne me
quitte jamais, ou le malheureux Almanzar rentrera dans la nuit éternelle
dont tu l'as tiré.

Sans doute l'amour a quelque
chose de magique qui attire les cœurs,
car celui de Maria, dont jusqu'alors
toutes les pensées n'avaient été que
pour le Ciel, devint peu à peu sensible aux discours du jeune Américain. D'abord elle ne voulait que son
salut; bientôt elle ne désira plus lui
ouvrir la route du ciel que pour s'y
retrouver avec lui. Un démon jaloux
de voir une sainte de plus parmi les

vierges chrétiennes, suscita contre
elle la plus violente tentation. Tous
les feux qui brûlaient l'âme d'Almanzar passèrent dans la sienne ; son
mal avait gagné la noble fille de Gon
zalès : elle prêchait encore l'Évangile,
mais avec un son de voix timide et
tendre qui annonçait son trouble.
Almanzar garda son incrédulité, et
Maria se laissa vaincre par l'amour.

Que dirais-je enfin ! moi qui ne connais ni les progrès ni le langage de
cette passion terrible ! elle fut telle,
que lorsque don Aurélio soupçonna
les sentimens de sa sœur, il n'était
plus temps d'y porter remède. Maria,
renonçant à ses premiers engagemens,
vivait pour un idolâtre, et sentait
déjà qu'aucune puissance ne pourrait plus l'arracher à lui.

Il est toujours pénible de se démentir aux yeux du monde! Lorsque ce même monde paraît avoir sanctionné une action vertueuse, un dévoûment quelconque, il semble qu'il exige l'accomplissement du sacrifice qu'on lui a promis. Cependant Maria croyait que pour reconquérir sa liberté il ne fallait qu'en trouver en soi le courage. A dix-sept ans, quand on aime, il est possible que l'erreur ait un côté si séduisant, que l'on ne voye plus les choses sous un point de vue réel. Quoi qu'il en soit, la sœur de Gonzalès s'abusa cruellement; elle dépendait d'un homme qui ne tarda point à devenir un juge sévère lorsqu'il se trouva trompé dans ses orgueilleuses espérances.

Il connaissait Almanzar, son intrépidité , son bouillant caractère , et rien pourtant n'arrêta Gonzalès , qui opposait à cette ardeur la prudence, le sang-froid et la plus inébranlable constance dans ses desseins. Il feignit d'abord d'ignorer l'amour qui unissait le jeune Américain à Maria , et rappelant à celle - ci l'engagement qu'elle avait pris de prononcer ses vœux dès qu'elle trouverait un lieu paisible et protégé où elle pourrait fonder un établissement religieux , il la relégua sur un rocher à la pointe de l'île , avec l'intention secrète de l'en éloigner bientôt tout-à-fait.

Les cris , les larmes de sa sœur, ne purent attendrir don Aurélio ; il ne voulut pas même l'entendre. Je fus chargé d'emmener l'infortunée loin de celui à qui elle avait tout sacrifié,

hors la vertu. C'est alors que dans son
désespoir elle laissa éclater ses murmures ; et la violence de son amour
m'apprit les combats qu'elle s'était
livrés , et comment cette passion
avait triomphé de ses efforts ; elle me
peignit Almanzar comme le mortel le
plus aimable , le plus fait pour être
adoré. Déjà elle se servait des termes
qui tiennent à l'idolâtrie, et je crai-
gnais pour son âme, quand elle se flattait encore qu'épouse d'Almanzar
elle l'eût amené à partager sa foi.

Je l'avoue , cette jeune et belle fille
m'attendrit ; je pleurais en la con-
damnant , mais je refusai de la servir ;
car, outre que ma conscience m'en
eût fait un secret reproche , don Aurélio répandait autour de lui une si
grande terreur, que je redoutais d'en-

courir son ressentiment, à l'égal de la mort. D'ailleurs le message dont Maria voulait me charger pour Almanzar eût été inutile ; puisqu'il sut la découvrir peu de jours après sa disparition , et parvint à la voir de manière à tromper tous les yeux, sans même éveiller les soupçons du missionnaire ambitieux et jaloux, quoiqu'il la fît surveiller avec sévérité.

J'ai su depuis qu'Almanzar voulait alors même réunir les Américains qui, comme lui , avaient gardé leur ancien culte, et, secondé par eux, déployer l'étendard de la révolte. Son projet était d'affranchir son père du joug pesant qu'il supportait comme malgré lui; de se défaire de Gonzalès et de chasser les autres missionnaires de l'île après avoir délivré Maria et l'avoir publiquement nommée son épouse. Ce ne fut que par égard pour les instances de cette amante si chère qu'il abandonna ce dessein.

La jeune novice, quoiqu'elle eût rompu ses premiers liens, était encore enflammée du saint désir qui l'avait enlevée à sa patrie; elle redoutait la persécution : le massacre qui menaçait ses frères, et l'idée d'en être la cause, terrifiait son cœur! Ah! ce fut elle qui tombant à son tour aux pieds d'Almanzar, lui demanda la grâce de son oppresseur! elle l'obtint; mais en calmant à force de prières et de caresses le juste courroux d'un amant irrité, elle racheta la vie d'un frère par son innocence.

Le tendre, mais cruel Almanzar, exigea un gage de l'amour de Maria;

il prit la nature à témoin de son hy-
men, et ne fit le sacrifice de sa vengeance qu'après avoir acquis les droits
d'époux sur la faible et inconsolable
portugaise; à ce prix il lui jura obéissance, soumission, comme amour
éternel ; et le renvoi de Gonzalès, qui
devait affranchir Maria, fut différé.

La sœur de Gonzalès espérait qu'en
gagnant du temps et en opposant
une fermeté constante à l'exigeance
de son frère, elle finirait par se soustraire à son pouvoir ; sa dernière res-
source était de lui confier sa faute
comme à Dieu même, et d'obtenir de
la réparer ; soutenue, encouragée
par la vive passion qu'elle éprouvait,
elle était capable de tout, et bientôt
un titre de plus à l'amour d'Almanzar
vint ajouter à son courage. La nour-

rice de Maria fut dans sa confidence, c'était par son entremise qu'au milieu des nuits elle revoyait l'auteur de ses maux et qu'elle prenait la force de supporter la longueur des jours qu'elle était forcée de passer loin de lui !

Gonzalès, cependant, avait découvert l'esprit de révolte qui animait le jeune prince; il vit d'un coup d'œil quelle cause il voulait défendre, et le péril qui le menaçait : après avoir acquis la preuve que ses jeunes amis étaient prêts à se réunir à son premier signal, qu'une partie du peuple était disposée pour lui, il ne s'agissait plus que de tirer parti de cette circonstance, et c'est ce que ne manqua point de faire l'adroit Aurélio; il sut taire le principal mo-

tif qui portait Almanzar à user de
violence, et aggraver ses torts en
supposant des préparatifs et une con-
juration qui n'existaient point; il parvint ainsi à perdre Almanzar auprès
de son père. Cet homme faible
et trompé, qui ne régnait plus que
par une perfide influence, crut aisément aux insinuations qui ten-
daient à le convaincre que son fils
avait le projet de le déposséder et
qu'il en voulait à sa vie; il ne vit
plus qu'un traître dans celui qui
avait eu le tort de blâmer d'ailleurs
l'abandon qu'il avait fait de sa religion
et de ses Dieux; avec sa nouvelle doctrine, il n'avait point adopté la justice et l'humanité qu'elle enseigne
et qui en est la base fondamentale.
Il ne recevait la vérité que d'une

bouche impure qui lui enseignait la vengeance ; le père d'Almanzar l'écouta et crut trop facilement. Son fils fut enfermé et confié à la garde des chrétiens que gouvernait Gonzalès ; il déshérita encore ce fils qui long-temps avait fait son bonheur et sa joie, et par un traité secret il abandonna aux Portugais la possession de l'île, où son grand âge lui apprenait qu'il lui restait peu de temps à régner.

Aurélio triomphait : il avait vaincu par adresse, et remporté une victoire qui n'avait coûté que quelques perfidies. Almanzar était fils unique ; luimême n'avait point d'enfant, du moins Gonzalès le croyait ; et lorsque le jeune Américain aurait traîné une vie ignorée et languissante, lorsqu'il aurait été ainsi oublié de ses partisans, qui aurait réclamé ses droits et contesté un pouvoir qu'il comptait bien rendre inébranlable à force de sévérité et de prudence? Aurélio avait encore le moyen de faire transporter Almanzar dans les prisons de Lisbonne, et je n'ai jamais douté que ce ne fût une suite nécessaire de ses projets. En attendant il le faisait garder à vue avec une exactitude qui assurait sa vengeance pour l'avenir, et sa puissance s'augmentait chaque jour de la terreur qu'il inspirait aux naturels du pays, qui déjà se regardaient esclaves et tributaires des Portugais.

L'infortunée Maria ne connut que trop tôt le malheur attaché aux passions terrestres, et elle gémit long-temps sur l'absence d'Almanzar ; avant d'être instruite de son sort. Elle savait qu'un caractère comme le sien ne comptait aucun obstacle, ne pouvait céder à aucune considération ordinaire ; et ne le voyant plus, elle le pleurait mort, quand le bruit de ce qui s'était passé vint sur son rocher ; ce fut alors qu'elle sentit quelqu'espérance renaître en son cœur au milieu des horreurs de sa position. Almanzar renfermé, mais vivant, pouvait encore la protéger et la défendre. Du fond de son cachot, il régnait par l'amour, et ses braves Américains ne l'abandonneraient pas : voilà ce qu'elle pensait. Grand Dieu ! quelle perspective pour une jeune fille, cause première de tant de maux !

IV.   14

L'oubli de ses devoirs, la perte de son
innocence ; ne pouvaient être assez
déplorés ; et prosternée devant Dieu,
baignée de ses larmes, en proie au repentir, Maria implorait le pardon de
ses fautes, de cet amour qui les avait
causées , et qu'elle sentait plus que
jamais vivre dans son âme.

Cependant ses yeux étaient ouverts
sur Aurélio ; elle détesta sa barbarie,
et sans lui livrer son secret, elle sut
opposer une constance inébranlable
aux menaces par lesquelles il croyait
l'obliger à prononcer ses vœux. Enfin,
elle eut le courage de lui déclarer
qu'elle ne se déciderait qu'à sa majo-
rité à embrasser ou à refuser un état
qu'on avait choisi pour elle avant
qu'elle eût pu consulter sa raison et

ses goûts; mais que, jusque-là, elle consentait à passer sa vie dans la retraite où on l'avait confinée.

Gonzalès, furieux, fut pourtant contraint de céder à une détermination aussi positive : ce ne fut point sans faire à sa sœur les plus sanglans reproches sur son odieux amour, qui effaçait, disait-il, l'éclat dont elle avait brillé un moment, et répandait la honte et le scandale sur le reste de sa vie.

Maria supporta, sans se plaindre, le juste courroux de son frère et les cruautés dont il ne fut que trop suivi. Elle avait déjà toute la force d'une femme qui va être bientôt mère; mais, grand Dieu ! si Gonzalès avait soupçonné ce comble de déshonneur, peut-être cette fille infortunée l'eût elle payé de sa vie !

Ce fut le Ciel miséricordieux qui la protégea en cette circonstance. Sans autres soins que ceux de sa nourrice, sans autre consolation, elle dónna le jour à un fils qui passa de ses bras dans ceux de la mère d'Almanzar, par le moyen de cette femme dévouée qui possédait toute leur confiance.

Ce jeune enfant, proscrit à sa naissance du sein dans lequel il avait puisé la vie, fut porté parmi les femmes indiennes, qui ignoraient le secret de sa naissance. La reine seule en avait été instruite et prévenue : elle reçut ce dépôt précieux avec une tendresse qui prouvait celle qu'elle portait à son malheureux fils.

La nuit avait couvert de ses ombres
cette démarche importante , et semblait en avoir assuré le mystère. Zéliore (c'est ainsi que la mère d'Almanzar avait nommé son petit-fils)
fut élevé jusqu'à l'âge de quatre ans
dans l'intérieur des appartemens des
femmes , et passait pour l'enfant d'une
d'elles. Pendant ce temps, la tyrannie
de Gonzalès avait tout soumis autour
de lui, tandis qu'Almanzar continuait
à végéter dans un obscur cachot , et
que son père vieillissait sans honneur,
malgré ses cruelles persécutions.

Les Missionnaires avaient conquis
au vrai Dieu la plus grande partie des
habitans de l'île , et don Aurélio crut
alors avoir assez établi sa puissance ,
pour continuer à poursuivre au loin
de plus importantes conquêtes. Il

s'absenta donc de l'île , laissant à sa place un représentant non moins sévère , non moins ambitieux que lui , peut-être plus cruel encore , qui régit tout en son absence. Je fus aussi désigné pour veiller sur la triste et désolée Maria , qui , dans l'état d'abandon où elle se trouvait, laissait quelquefois échapper devant moi ses regrets et sa douleur. C'est ainsi que je la voyais redouter l'instant du retour de son frère, et celui qu'elle avait fixé pour décider de son sort à venir. Que lui importait, en effet , de retourner libre à Lisbonne , si elle laissait Almanzar au pouvoir de son ennemi ? S'éloigner du lieu où il respirait , malgré l'impossibilité où elle était de le voir , eût été pour elle l'arrêt le plus affreux ; et lorsqu'elle parlait de quitter cette île qui contenait les objets chéris de son cœur, Maria éprouvait à l'avance les angoisses de la mort. On eût dit qu'on la séparait de son âme par cette seule appréhension , et j'ignorais alors quel double sentiment l'enchaînait loin de sa patrie ; j'attribuais à l'amour seul ses pleurs et ses craintes.

Beaucoup de jeunes filles américaines ayant reçu le baptême, étaient venues se ranger sous la bannière de cette vierge chrétienne dont elles avaient vu les vertus et ignoré la faute. Des exercices pieux, des chants purs et fervens, étaient l'emploi de leurs jours ; elles se préparaient à prononcer avec Maria le vœu qui les engagerait pour jamais au culte du Seigneur, et portaient, à son exemple, l'habit blanc de novice qu'elle n'avait point quitté et qui couvrait son sein dévoré d'amour et inondé de larmes.

Seule gémissante, au milieu de ses compagnes, Maria suivait péniblement une route qu'elle n'osait plus leur tracer, et chaque moment de sa vie semblait amener pour elle une heure menaçante et redoutable.

Hélas! ce pressentiment se vérifia trop tôt! les habitans n'avaient été que comprimés par la présence de Gonzalès; la plupart détestaient sa domination en y cédant, et la moindre lueur de liberté leur rendit toute la vigueur nécessaire pour reconquérir ce bien perdu et usurpé.

Depuis long-temps le peuple redemandait Almanzar, et ce bruit,

ces murmures sourds d'abord éclatè-
rent lorsque la longue absence de
l'impérieux Gonzalès eut effacé quelque peu la crainte qu'il inspirait Les
amis du jeune prince profitèrent de
ce mouvement favorable et coururent
en foule le délivrer ; les missionnaires
de leur côté soulevèrent le parti du
roi, composé de nouveaux chrétiens.
L'île était ainsi partagée, lorsqu'un
prompt avis rappela don Aurélio et
le ramena au milieu de ce trouble
général. Déjà pourtant Almanzar
triomphait, il annonçait hautement
les droits qu'il avait sur la sœur de
Gonzalès, et nommait Zéliore son fils ;
en leur considération il consentait à
épargner les missionnaires, à favori-
ser même leur sortie de l'île, et le
jour désigné pour ses noces avec Ma-

IV.   15

ria devait aussi réunir Almanzar à son père et voir finir leur division.

Satisfait d'avoir vaincu ses ennemis, je dois le dire, ce jeune prince avait dédaigné d'attenter à leur liberté. L'humiliation de Gonzalès lui suffisait ; mais il devait quitter l'île pour jamais au moment même où Maria abandonnerait sa retraite pour se rendre au palais de son époux et se réunir aux objets de son affection. Telles étaient les seules conditions imposées au plus intolérant des hommes, à celui qui avait appelé sur lui la vengeance et la mort.

Tant de grandeur et de générosité perdirent Almanzar : la veille de ce jour d'un pardon et d'un bonheur solennels, un coup dirigé par une main sûre et favorisée des ombres de la nuit, frappa son sein et le cœur généreux qu'il renfermait.

Don Aurélio fut soupçonné d'avoir conduit ce crime; mais je l'atteste devant Dieu, je n'en ai point découvert l'infâme auteur, et j'ignore quel est celui de nous qui a osé servir son impérieux chef en commettant un lâche assassinat. Cependant, s'il est permis d'ajouter foi au serment d'un homme déjà si coupable, j'affirmerai que don Gonzalès a souvent juré en ma présence qu'il n'y avait point eu de part, et qu'il supposait fortement de ce crime le religieux auquel il avait remis ses droits en son absence.

Cependant ce moine sanguinaire (si ce fut lui) ne perdit rien de sa faveur auprès de Gonzalès, et jamais la vérité ne transpira sur cet affreux évé-

15*

nement ; la tombe garde ce mystère horrible ! et il n'appartient plus qu'au ciel de le révéler et de le punir ; pour moi, je ne déclare que ce qui est parvenu à ma connaissance.

En me souillant par un mensonge, je ne voudrais point aggraver les torts de ma vie ; et le cœur plein d'un juste et long remords, je ne tromperai pas le ciel qui entend mes aveux.

On eût dit qu'un esprit de perversité s'était emparé de ceux que la charité et l'amour de Dieu avaient long temps animés ; quelques ministres du Seigneur, après avoir transgressé sa loi sainte, furent à leur tour abandonnés de lui : leur conduite eût fait détester une religion qu'ils étaient indignes de prêcher, si leurs frères n'eussent offert en même temps le

modèle des plus rares vertus. Hélas !
je fus puni d'avoir pu me croire de ce
nombre, et une faute voua le reste
de mes jours à la pénitence... Mais je
reprends mon récit.

La consternation, le deuil allaient
régner dans l'île de Norcnha. Almanzar n'était plus ! ce noble Américain, cet homme vertueux, quoique
idolâtre, le tendre amant de Maria,
venait d'expirer. Une affreuse stupeur
glaçait la pensée et les cœurs de ses
ennemis mêmes, et le bruit de cette
mort funeste ne se répandait qu'avec
peine ; on semblait attendre avec
anxiété l'explosion qu'elle allait causer. Les missionnaires s'étaient réunis
près du rivage : là, on voyait le vaisseau préparé pour leur fuite. Don
Gonzalès marchait à pas précipités et

paraissait plongé dans une extrême
agitation ; il m'appela près de lui, et
d'une voix qui décélait l'importance
de ce qu'il avait à me confier,

— Grégorio , me dit-il , Dieu nous
a délivrés du persécuteur de sa sainte
religion ; l'infidèle , l'impie Almanzar
a été marqué du sceau réprobateur ,
et le doigt du Très-Haut l'a frappé...
Mais qui vengera l'honneur de ma famille outragée ? qui soustraira à la
vue des hommes cet indigne rejeton ,
ce fruit illégitime de la séduction et
d'une abominable faiblesse ? Ah ! si je
pouvais anéantir cette preuve de l'in-
famie d'une sœur trop coupable , s'il
m'était possible.... Écoutez, don Grégorio , ajouta-t-il après un moment
de réflexion , vous seul pouvez me
servir en cette circonstance : vous

possédez la confiance de Maria, ou du moins, je le sais, elle vous voyait près d'elle sans répugnance ; cette préférence vous a excepté de la haîne que voua aux prédicateurs de la foi la souveraine de cette île ; cherchez donc, sous un prétexte quelconque, à pénétrer dans la partie du palais qu'elle occupe, le désordre de ce moment vous servira.... Vous m'entendez, employez la ruse ou l'audace, surtout point de faiblesse : il s'agit d'arracher un enfant à l'enfer, d'assurer son âme à Dieu, de servir l'Église, en un mot d'être fidèle à notre cause malgré les dangers que puisse présenter cette expédition. Emparez-vous du fils de Maria, je serai là pour vous seconder ; et du moins nos frères ne m'accuseront pas d'avoir livré à l'impiété un être dont Dieu peut-être m'ordonne de rendre compte....

Je ne sentis point d'abord, en écoutant don Aurélio, le véritable motif de cet acte d'autorité; trop accoutumé à lui obéir, incertain si je devais encore me prêter à ses vues ou m'y refuser ouvertement; tremblant, je l'avoue, qu'il n'eût bientôt reconquis le pouvoir qui semblait ne lui échapper que pour un instant, et peut-être aussi dupe du discours qu'il venait de me tenir avec tant d'emphase, je finis par consentir à tout tenter pour remettre en ses mains le jeune Zéliore.

A peine avais-je fait cette promesse, que j'aperçus près de moi un des serviteurs de Gonzalès; il était l'âme de ses entreprises et se nommait Henricó; cet homme avait revêtu en cette occasion l'habit des Américains, à dessein de se confondre avec eux, et cette remarque me fit envisager aussitôt l'impossibilité de ne servir qu'à demi don Aurélio, lors même que j'aurais eu le courage de suivre mon premier mouvement (comme la suite me le prouva). Je m'acheminai donc vers le palais avec regret, pendant que quelques fanatiques, dévoués ainsi que moi aux ordres d'un tyran, se rendaient à la demeure de Maria pour s'emparer d'elle.

Cependant cette fille infortunée, en apprenant la mort d'Almanzar, était tombée dans un désespoir tellement effrayant, qu'elle en avait imposé à ceux qui venaient l'enlever à sa retraite. Ils la virent entourée de ses compagnes, qui lui faisaient un rempart de leurs corps. Elle les avait défiés, ainsi que Gonzalès, d'atteindre jusqu'à elle. Jamais, avait-elle dit à ses envoyés, vous ne m'emporterez vivante de ces lieux, jamais mes yeux ne verront les bourreaux d'Almanzar, j'en jure par ce Dieu qui entend et reçoit les sermens. Ici, dans cette île, où reposeront les cendres de mon époux, je finirai mes tristes jours: d'autres rivages ne me reverront plus. Allez, continua-t-elle, ministres de la cruauté d'un frère barbare, malheureux Indiens, abusés par lui, et qui vous laissez subjuguer par ses astucieux discours, allez lui dire que l'infortunée qu'il a vouée au veuvage, qu'il abreuve de larmes et de douleurs, se dérobe pour

jamais à sa funeste puissance ; qu'elle
attendra ici la mort en servant le
Dieu qu'il méconnaît. Ah ! puisse le
remords brisant son âme, ne lui laisser
ni paix ni repos, et ce supplice affreux
le conduire lentement vers la tombe
et y descendre avec lui !...

Ces imprécations, prononcées avec
l'accent de la plus affreuse douleur ,
avaient terrifié ceux qui croyaient ne
trouver en elle qu'une résistance
ordinaire et faible. L'ange de la mort,
prédisant le dernier jour des hommes ,
leur eût paru moins terrible que cette
femme offensée, appelant la malédiction du ciel sur la tête d'un frère coupable. Ils frémirent et n'osèrent pro-
faner le sanctuaire où Maria s'était
retranchée. Là , ils la virent se couvrir
d'un voile noir , et recueillirent ses

derniers mots, qui parvinrent depuis jusqu'à Gonzalès :

— Que ce voile, dit-elle, cache des pleurs éternels, et ne se lève jamais pour moi!..... Almanzar a été ravi à la terre, à mon amour : que le deuil couvre donc ma personne comme ma vie !..... Mais les cruels qui nous ont séparés, ne jouiront que d'un règne éphémère, quand le nôtre sera dans l'éternité. Oui, dans le fond d'un cachot, le Dieu de vérité s'était révélé à Almanzar ; il avait reçu d'une main vénérable et sainte le signe de la rédemption ; il invoquait enfin le Dieu de Maria. C'est dans son sein que tous deux nous nous rejoindrons... Puissent mes larmes et ma douleur hâter ce moment ! O mon enfant, ô toi, fils d'Almanzar ! puisses-tu hériter des vertus de ton père , et pardonner à l'infortunée qui te donna le jour la passion fatale qui fit ses maux et va dévorer son existence ! »

Astolfe , en cet endroit des Mémoires de Grégorio , fondit en pleurs ; il étendait les bras, comme pour rassurer celle qui semblait par ces mots lui demander grâce pour son amour.

— Ah ! ma mère, s'écria-t-il , moi vous pardonner , quand la cruauté des hommes a seule rendu vos fautes irréparables ; lorsqu'exilée , vous en avez porté le poids douloureux ! Ah ! ce cœur que vous avez créé aussi tendre que le vôtre , sent trop bien vos souffrances, que ne lui a-t-il été donné de les adoucir !....

Lydie, qui près d'Astolfe lisait avec lui cette relation touchante , sentit ses larmes couler sur sa main ; les siennes s'y mêlaient , et le nom de Maria , répété mille fois , se faisait entendre au milieu des sanglots et des soupirs. Le fils du malheureux Almanzar ne pouvait plus apercevoir les caractères qui lui devenaient si précieux. Ce fut Louisa , qui , s'étant remise pendant cette courte interruption , continua ainsi la lecture commencée :

« J'ai lieu de croire que ces discours répétés à don Aurélio par ceux qui manquèrent de courage pour accomplir sa volonté , enflammèrent son courroux et ne firent aucune autre impression sur son cœur. Quoi qu'il en soit , les instans étaient précieux ; une fausse démarche pouvait devenir irréparable , et tout devenait em-

bûches et péril autour des missionnaires. Don Aurélio, malgré son intrépidité naturelle, ne se trouvait
point en force pour soutenir avec
avantage le choc qui le menaçait, et
ses compagnons lui faisaient sentir
qu'il ne serait pas prudent de compter
sur la petite troupe d'Américains qu'il
avait entraînés dans son parti ; que
ce peuple versatile pouvait en un moment changer de disposition, et les
sacrifier aux partisans d'Almanzar ;
que le roi lui-même, privé de son
fils unique, finirait peut-être par les
accuser et leur retirer sa protection;
qu'en conséquence il était plus prudent de prendre la fuite momentané-
ment. Gonzalès y consentit, mais y
mit la condition expresse, qu'on at-

tendrait mon retour pour effectuer ce départ.

Je reparus bientôt au milieu d'eux, rapportant l'enfant qui m'avait été demandé , et presque malheureux d'avoir si bien réussi dans la mission cruelle dont j'avais été chargé ; j'en rendis compte, et j'avais rencontré moins d'obstacles à la remplir , que je ne m'y étais attendu.

On venait d'apprendre au palais de la reine l'affreux événement qui avait causé la mort d'Almanzar, et il y fut rapporté lui-même, lorsque toujours suivi du valet de Gonzalès, je me mêlai à la foule réunie à l'occasion de ce malheur, et qui exprimait par des gémissemens sa douleur et ses regrets; le déguisement d'Hen-

rico le rendait méconnaissable, et
quant à moi, il m'était facile de
trouver un prétexte pour arriver près
du fils de Maria; plusieurs fois j'avais
servi d'intermédiaire entre elle et la
mère d'Almanzar depuis que ce dernier avait recouvré sa liberté et qu'il
avait proclamé son union prochaine
avec la jeune Portugaise; j'avais encore le gage qu'elle me donnait alors
pour preuve de sa confiance; il me
suffisait de le présenter, et les portes
intérieures du palais m'étaient ouvertes. J'allais m'en servir pour une
perfidie, et j éprouvais, à commettre
cette action, une telle répugnance,
que sans la présence d'Henrico j'aurais sans doute suivi l'impulsion de
mon cœur et objecté des obstacles
insurmontables, afin d'excuser au-

IV.   16

près de Gonzalès la mauvaise issue de ma démarche!

Mais, hélas! ce remords passager fut sans effet; la nouvelle qui venait d'arriver au palais, y avait causé un trouble, un désordre si prodigieux, que tout le peuple s'y précipitait avec tumulte; l'on n'entendait que des cris d'effroi, et les ténèbres rendaient encore cette scène plus lugubre; je fus ainsi confondu dans la foule, ayant eu soin de recouvrir ma robe d'un long manteau, car avec mes vêtemens religieux j'eusse couru le risque d'être massacré dans ce moment d'effervescence.

Les appartemens étaient pour la plupart déserts; j'y pénétrai sans peine. Toutes les femmes qui les oc-

cupaient ordinairement, étaient al-
lées vers la reine lui porter des con-
solations et des soins; je crus un instant que le petit Zéliore était au milieu d'elles et que la ruse allait m'être
utile. Mais bientôt j'aperçus l'enfant
endormi, une seule femme veillait et
pleurait à ses côtés. Ma présence et
celle d'Henrico l'effrayèrent. Nous y
donnâmes un motif auquel elle se
rendit avec crédulité, et elle-même
remit dans mes bras l'enfant de Maria,
en me priant de ne point l'éveiller
et d'en avoir bien soin jusqu'à ce que
je le rende à la reine, puisqu'elle
m'avait envoyé pour le chercher.
Ainsi le croyait cette jeune fille; elle
embrassa plusieurs fois l'enfant, je
l'enveloppai dans mon manteau, et
profitant de la confusion qui régnait

encore, je sortis précipitamment du palais et me rendis au rivage, où don Aurélio m'attendait avec impatience.

Je le trouvai dans une fureur extrême que lui causaient la résistance de sa sœur et le mauvais succès de ses envoyés auprès d'elle : la vue 'd'une autre victime adoucit toutefois son ressentiment ; il reçut de mes mains le petit Zéliore, fit lever l'ancre aussitôt, et quitta l'île, où il laissait la désolation et la mort, et où des cris d'anathème, de vengeance, se faisaient entendre déjà contre les missionnaires et leur chef barbare.

Don Gonzalès sourit en s'éloignant du bord ; il me remercia de mon zèle, me promit des honneurs, une récompense, et moi je gardai pour jamais la tristesse et le repentir au fond de mon âme ; car je ne tardai pas à connaître le but véritable que s'était proposé don Aurélio, et à acquérir la certitude que j'avais été abusé par de spécieux mensonges.

Gonzalès passa en Portugal, et y resta un temps assez considérable, cherchant à affermir sa réputation. C'est alors qu'il fit courir le bruit de la mort de Maria, qui, disait-il, avait pris le voile, mais n'avait pu résister aux impressions d'un climat si différent de celui où elle était née; il montra la renonciation qu'elle avait faite de sa fortune en sa faveur, et se l'appropria ainsi sans contestation. J'étais spécialement chargé du petit Zéliore, qui passait pour l'enfant d'un Américain recueilli par charité. Il fut baptisé, et reçut le nom dAstolfe ; le secret de sa naissance fut recommandé à ceux des religieux qui avaient suivi Gonzalès. L'intérêt de notre ordre, notre obéissance pas-sive envers notre général, l'assuraient de notre discrétion. Personne de nous ne songea à le trahir, et la haute idée qu'on avait de ses vertus se soutint, quoiqu'établie sur de si frêles fon-demens , qu'un seul mot pouvait la détruire et la perdre.

Depuis ce moment néanmoins il n'y eut plus de repos pour lui ; il vé-cut dans une appréhension conti-nuelle , et recommença à adopter une existence active, parce qu'il ne pou-vait plus supporter le calme de la re-traite, ni le retour sur soi-même qu'elle semble imposer.

La mort du père d'Almanzar arriva

au bout d'une année, à dater de l'é-
poque où nous partîmes de l'île Fernand de Noronha ; cette circonstance
réveilla les agitations de son âme, et
cette espèce de désir violent, indomptable, qui dans certains caractères s'accroît avec les difficultés.
Don Aürélio, plein d'audace, voulut
aller une fois encore se mesurer avec
elles, et cette entreprise réussit au-
delà de ses espérances. Sa présence
fut maudite ; mais elle commanda la
soumission, personne ne s'opposa aux
volontés de l'ancien roi ; les Portugais s'emparèrent de ce pays abandonné par la faiblesse et conquis par
la ruse. On y mit une garnison étrangère, et Gonzalès y régna, pour ainsi
dire, au nom de son souverain.

La mère d'Almanzar se retira près

de l'infortunée Maria qui s'était consacrée à Dieu : toutes deux confondant
leurs larmes, oublièrent un monde
où les objets de leur affection n'é-
taient plus! Elles pleuraient Almanzar
et Zéliore que leur tendresse avait en
vain réclamé et qu'elles ne croyaient
plus au nombre des vivans. Que pouvaient d'ailleurs deux faibles femmes
dont personne ne soutenait la cause
et les droits? leurs voix se perdirent
dans l'espace ; elles demeurèrent elles-
mêmes dans l'oubli ; et quelques années après, les naturels du pays se rappelaient tout au plus leurs noms et
leurs malheurs.

Rien ne s'efface comme le souvenir des maux publics; les changemens
que cause une révolution quelconque
se souffrent d'abord avec peine, en-

suite l'habitude les rend moins cruels,
et le temps, qui passe par dessus tout,
emporte avec lui les objets de com-
paraison, et l'amour du présent em-
pêche qu'on ne distingue les traces
du passé. Ah! c'est alors que les regrets n'habitent plus que dans quelques-unes de ces âmes fortes qui ne
savent point oublier ; celles-là gémis-
sent sur les malheurs de la patrie qui
n'est plus, et la vengent quelquefois.

Pour Maria, dans l'impuissance où
elle était de changer son sort, elle s'é-
tait soumise à sa première destination,
et se distinguait entre ses compagnes
par les plus rares vertus ; c'est ainsi
qu'elle attendait l'instant où elle serait réunie par la mort aux objets de
son amour.

Cependant l'existence de Zéliore

17

était un sujet de troubles et de craintes perpétuelles pour don Aurélio :
cet enfant pouvait un jour découvrir
son origine, démasquer son persécu-
teuraux yeux de l'univers, lui enlever
le prix de ses soins constans.... Cette
idée devint un supplice pour Gonzalès. Le plus profond mystère couvrait
les circonstances de l'enlèvement de
Zéliore à ceux intéressés à les connaître ; tout était supposition, et rien
n'était certitude à ce sujet ; enfin on
le croyait mort... Pourquoi donc vi-
vait-il en effet, cet enfant si contraire
au repos d'un homme qui se comptait pour tout parmi ses semblables ?...
Telles furent sans doute les réflexions
de don Aurélio, et j'en appris bientôt le résultat.

Le petit Zéliore était commis à ma

garde et restait renfermé dans le couvent où j'étais resté au second voyage
de don Gonzalès. Il dépérissait sous
mes yeux, et désespérant qu'il s'éle-
vât dans cet état de solitude et d'en-
nui, je discontinuai les leçons que
je m'étais plu long-temps à lui donner : je m'attachais pourtant à cet enfant que je regardais comme ma victime, et je cherchais à adoucir son
sort ; mais sa tristesse, l'aversion
qu'il me témoignait, rebutaient souvent ma bonne volonté; d'ailleurs je
n'étais point le maître de changer sa
destinée, et elle ne pouvait qu'être
malheureuse, au milieu d'hommes
silencieux et graves, quand il aurait
fallu à cet âge les caresses d'une mère
et les plaisirs de l'enfance.

A cette époque, à peu près, don

17*

Gonzalès dépêcha vers moi un de ses affidés ordinaires. Son parti était pris de se défaire du fils d'Almanzar et de Maria; et voilant encore ce crime atroce d'un prétexte religieux, il m'ordonnait de livrer l'enfant si je répugnais de remplir le ministère qui m'était confié.

Je frissonnai d'horreur en recevant cet ordre, et sentis bien vivement alors quel chemin j'avais fait dans la voie du mal, puisqu'on osait m'exprimer un vœu si coupable aux yeux du ciel et de la société; néanmoins je parus consentir à ce qu'on attendait de moi, et le soir même fut désigné pour accomplir cette horrible mission. J'avais alors résolu de sauver cette innocente créature, et la crainte qu'Henrico ne fût trop fidèle à son indigne maître me donna la force de lui dérober l'épouvante et la douleur que je ressentais en l'écoutant.

Hélas! pourtant, toute ma confiance était dans ce Dieu dont j'avais violé la suprême loi ; j'osais encore me flatter qu'il m'aiderait puisqu'il connaissait ce qui se passait dans mon cœur, et je le priai de prendre sous sa protection un être abandonné de la nature entière, et en butte au complot des méchans.

Henrico ne me quitta point jusqu'au moment redoutable. En m'acheminant vers les bords de la mer, dont les flots, par l'ordre de Conzalès, devaient couvrir notre crime, je redoublais de ferveur dans mes prières, afin que le ciel me permît de conserver l'enfant que je tenais sur mon sein. Enfin , arrivé au lieu convenu, j'aperçus dans l'ombre la tête d'un homme, que je reconnus bientôt pour être celle d'un corsaire algérien que j'avais souvent rencontré dans mes voyages et qui rôdait depuis quelque temps sur les côtes portugaises. Heureusement Henrico , préoccupé peut-être de l'action dont il était complice, ne vit rien : je l'éloignai, feignant de craindre que quelqu'un ne nous surprît, et l'engageant d'examiner les environs. Comme il ne formait nul doute que je ne fusse décidé à remplir les ordres de mon supérieur , il consentit à ce que je désirais.

Alors m'avançant vers le corsaire, qui de son côté craignait une surprise, je lui dis de se remettre promptement en mer s'il ne voulait tomber dans les

mains de gens que je venais de rencontrer, et qui étaient à sa poursuite.

—Frère Grégorio, me dit-il, car il
me reconnut en même-temps, je te
remercie ; mais c'est dommage , je
n'ai rien fait de ce soir........ et n'en
déplaise à ton Christ, c'est mon mé-
tier à moi de tenter la fortune,
comme à toi de l'attendre en disant
ton rosaire.

—Tiens, lui répondis-je vivement,
redoutant le retour d'Henrico, j'ai là
un petit mulâtre qui a été pris sur les
côtes d'Afrique , et qui a été donné
aux Pères de notre Ordre. Je désire
m'en défaire : le veux-tu ?

—Parbleu ! je le vendrai avec
d'autres esclaves que je vais transporter aux Indes dans quelques jours.
Mais il est bien jeune, ton petit Afri-

cain ; combien comptes-tu en tirer de monnaies? car vous autres, malgré votre vœu de pauvreté, vous êtes aussi des corsaires de terre. N'est-il pas vrai?

L'Algérien se mit à rire en disant ces mots, quoique ses yeux ne perdissent point de vue sa barque, qui était à peu de distance, et qu'il eût donné déjà le signal du départ à ses gens.

—Donne-m'en ce que tu voudras, lui dis-je, car il m'embarrasse plus qu'il ne vaut.

Il me jeta quelques piastres. En même-temps les pas d'Henrico se firent entendre; le pirate crut que c'étaient ceux des surveillans que je lui avais annoncés, et se sauva avec l'enfant. Je les vis s'éloigner du rivage.

Henrico, soit qu'il eût entendu
notre conversation ou deviné notre
marché, me témoigna qu'il n'était
point ma dupe, et me menaça de la
colère de son maître; mais, songeant
peut-être qu'il serait accusé lui même
de la faute dont il me chargerait, il
changea de ton, me demanda sa part du
prix de l'enfant, que je lui remis tout
entier de grand cœur, et me promit
de s'entendre avec moi pour affirmer
à don Aurélio que Zéliore n'était
plus.

Heureux d'avoir sauvé cette pauvre
petite créature, je bénis la Providence en me jetant à genoux, et je
priai le Dieu tout-puissant d'achever
son ouvrage, et de faire triompher
l'innocence de la duplicité et de la
perfidie.

Cet événement avait fait sur mon cœur une trop vive impression, et je m'étais trop avancé sur les bords du crime pour ne pas craindre d'y retomber ; cette même faiblesse par laquelle je m'étais laissé dominer, pouvait renaître . . . . . Don Aurélio était mon supérieur, ne pouvait-il, dans la persuasion où il serait de ma lâche complaisance, exiger encore de moi des actes de réprobation ? Cette idée m'effraya tellement que je ne vis plus aucun moyen de salut pour mon âme, à moins d'échapper à l'odieuse tyrannie qui m'avait mis aux prises avec de si rudes épreuves.

Je pris au même instant la résolution de ne plus rentrer dans mon couvent et d'aller finir mes jours dans une solitude éternelle, loin des humains et du monde, où tout est précipice et tentation. J'étais si violemment agité, que je parlai de mon projet devant Henrico, et je nommai une des montagnes des Pyrénées ; j'exprimais la paix que l'on pouvait goûter dans cet endroit sauvage où rien n'éloignait de Dieu. Henrico jugea que la peur m'ôtait le sens, et que la crainte de son indiscrétion et de la sévérité de don Aurélio m'engageait à aller cacher mon existence dans ces lieux ignorés : je le laissai dans cette croyance, le priant d'accréditer le bruit de ma mort, auquel je supposais que mon absence donnerait lieu.

C'est ainsi que je vins habiter une espèce de tombeau au pied du Pic du Midi ; là, je cherchai le repos de l'âme dans la pénitence , et je déplorai les erreurs de mes frères et mon aveuglement. Avant toutefois de rompre toutes mes relations avec les hommes, j'écrivis ces Mémoires ; le Ciel m'inspira aussi le désir de réparer ma faute, en faisant parvenir à l'infortunée Maria de Gonzalès la seule relation qui pût l'éclairer entièrement sur le sort de son fils et lui apprendre qu'il vivait encore. Mais un grand nombre d'années s'écoulèrent avant que la Providence me donnât les moyens de faire le dépôt de cette confession. Enfin , il y a trois ans environ, un voyageur respectable (autant que j'en pus juger par ses manières et son langage) vint visiter ces lieux et se reposer dans mon ermitage; il devait s'embarquer incessamment pour les Indes occidentales. Je lui en dis assez pour l'intéresser en faveur de la mère de Zéliore ; il me promit de se rendre auprès d'elle et de lui remettre mes aveux.

Puisse le Ciel qui a reçu son serment, l'avoir conduit et protégé dans ce long voyage ! Puissent le malheureux et coupable Grégorio servir à rapprocher deux êtres qu'il a forcés de se séparer, et un jour Zéliore réuni à Maria ne point maudire la mémoire du pauvre Solitaire du Pic du Midi !

CHAPITRE XXXVI.

L'effet que produisit la lecture de
ces Mémoires sur Astolfe fut partagé
par ceux qui l'entouraient : chacun
s'épuisait en réflexions , en regrets ,
et un sentiment d'horreur s'attachait
au nom comme à la mémoire de don
Aurélio. Astolfe sentait surtout le désir
ardent de retrouver sa mère , et son
regard enflammé , quoique sombre ,
annonçait le combat de l'amour et du
devoir ; car , pour se réunir à l'infortunée Maria , il fallait qu'il quittât

Lydie, et la quitter était un sacrifice presque au-dessus de ses forces ! La douce créole vit qu'elle devait fortifier cette âme, dont elle connaissait toutes les sensations ; et le lendemain de cette lecture, lorsqu'elle se trouva seule avec lui, elle lui dit :

—Astolfe, nous allons être séparés quelque temps !

—Ah ! répondit-il, tout mon cœur se brise à cette idée ; et pourtant ma mère languit ! elle appelle peut-être ce fils pour lequel elle a exposé ses jours. Lydie, pourquoi ne puis-je envisager ce voyage, cette séparation, sans souffrir ? pourquoi une nouvelle souffrance s'élève-t-elle dans mon âme ?....

—Jamais, pourtant, reprit la créole, nous ne fûmes plus près du bonheur...

Le cœur de Lydie était dans ce peu
de mots; il semblait renfermer le don
d'elle-même ; et sa main tomba dans
celle d'Astolfe comme un gage d'a-
mour et d'union. Tous les obstacles
étaient vaincus, et ces deux amans
fidèles voyaient enfin dans l'avenir le
bonheur de s'appartenir, de vivre à
jamais l'un pour l'autre. Lydie , la
première , récapitula leurs chagrins
passés ; elle le faisait avec tant d'in-
génuité , qu'elle parlait plus encore
de sa tendresse que de ses peines,
Astolfe était enivré du bonheur de
l'entendre et de la contempler.

— Chère et bien-aimée Lydie ,
s'écriait-il, ne trouvez-vous pas que
le commencement de notre vie tient
du miracle; que quelque chose de
surnaturel, d'entraînant, nous portait

l'un vers l'autre, alors que tout semblait nous séparer ? On dirait que le ciel, qui nous fit du même sang voulait que nous n'eussions aussi qu'un cœur, qu'une âme, qu'une vie.

Astolfe entourait Lydie de ses bras, en exprimant ainsi l'ardeur de son sentiment pour elle. Il n'était point repoussé de celle qui était toute confiance et toute tendresse ; Lydie se laissait aller sur le sein d'Astolfe, et le regardait de ce regard pénétrant qui n'appartient qu'à l'amour, que l'âme entière peut à peine supporter; mélange séduisant de langueur et de volupté, qui expriment si bien un bonheur que les anges nous envient, et qui fait regretter la terre !

Accord heureux de pureté, d'amour, d'innocence, vous vous trouviez alors

V. 18

dans les yeux de Lydie ; elle était re-
devenue-la belle , la fortunée créole.
D'où_vient donc pourtant que les cou-
leurs de la santé ne reparaissent sur
ses joues que lorsqu'elles y sont ap-
pelées par la pudeur et l'amour? pourquoi sa taille fléchit-elle sous le poids
du bonheur? Astolfe inquiet ne le
remarque que trop ; il craint qué le
voyage qu'elle a entrepris n'ait été
nuisible à la santé de celle qu'il adore.
Après une maladie cruelle , n'avait-
elle pas besoin de repos? Le désir de
la voir plus long-temps ne l'a-t-il pas
aveuglé lui-même sur sa faiblesse?
Il la quitte ; mais c'est pour interroger
madame d'Elmance , pour la lui re-
commander. — C'est ma vie ; ah !
c'est cent fois plus qu'elle! lui dit-il.

Cependant son départ ne peut plus

se différer. Maria se consume peut-être dans les prisons de Lisbonne; Astolfe doit s'arracher à l'attrait puissant qui le retient. Le chevalier de Valmire tient toujours au projet de l'accompagner : ils doivent partir en-semble le jour suivant; et le comte de Morenberg, qui a aussi des relations en Portugal, s'occupe de munir son fils adoptif de lettres de recommandation, qui doivent hâter le but de son voyage, et par conséquent son retour.

Avant d'aller se renfermer de nou-veau dans sa solitude chérie, et d'y goûter en paix ces jours de méditation qui doivent précéder la tombe, le vieillard de Montmorency veut voir Astolfe heureux et bénir son

18*

union avec la charmante Lydie. Il va
donc attendre, avec monsieur et madame d'Elmance, la fin des événemens qui se préparent, et l'on se dé-
cide unanimement à habiter la maison
de campagne d'Astolfe aux environs
de Bordeaux, parce que ce séjour
paraît plaire davantage à Lydie, et
peut être aussi convenable au réta-
blissement de sa santé. Tout se con-
certe, s'arrange : l'espérance est dans
tous les cœurs ; elle adoucit l'instant
de la séparation, qui toujours arrive
avec trop de rapidité pour ceux qui
aiment. Astolfe et Lydie ont prononcé le dernier adieu.

Ah! il ne faut que sentir et se
rappeler pour concevoir le déchi-
rement de cet adieu, puisque tout

étre a pleuré dans sa vie un objet chéri,
et que l'amour sur la terre est si près
des larmes!

Un chargé de pouvoirs de la cour de
Lisbonne vint s'emparer des papiers
de don Aurélio, qui avaient quelques rapports avec les affaires du
gouvernement; on prit en même
temps connaissance de celles qui
concernaient la succession, et on
s'assura que le testament de Gonzalès
ne faisait mention que de Lydie et
de son fils, auxquels il laissait tous
ses biens après qu'on en aurait pré-
levé de fortes donations en faveur
de l'ordre des Dominicains. Cette
fortune, telle qu'elle était sous ses
ces conditions, se trouvait encore
immense; mais ce qui étonna M.
d'Elmance, qui s'occupait de ces dé-

tails, c'est que rien ne rappelait dans les papiers de Gonzalès la sœur qu'il avait si indignement frustrée.

Hypocrite jusqu'à la fin, il croyait emporter son secret dans la tombe : la Providence en avait ordonné autrement, et une éternelle honte resta attachée à la mémoire de l'ambitieux Aurélio, comme le remords et la tristesse avaient été le partage de sa vie. Exemple terrible pour ceux que les passions haineuses et froides entraînent loin de la route du bonheur et de la vertu !....

Pendant que Lydie comptait près de Louisa les jours de l'absence, Astolfe était arrivé à Lisbonne ; il avait employé ses protections, appelé des témoignages irrécusables, levé les doutes d'imposture qui duraient en-

core sur l'existence de dona Maria de
Gonzalès , et prouvé les titres qu'il
avait à la réclamer. A force de temps ,
de démarches, de persévérance , Astolfe parvint à faire rentrer sa mère
dans ses droits civils ; mais il s'agissait de découvrir ce qu'elle était devenue ; et la justice qu'il venait d'obtenir était insuffisante , s'il ne réus-
sissait à la faire reparaître.

Lorsqu'Astolfe , aidé par ses soupçons , croyait arriver au moment dé-
cisif , mille obstacles imprévus s'éle-
vaient et le reportaient loin du but
auquel il croyait toucher. Le chevalier de Valmire agissait de son côté ,
et eût voulu se trouver en présence
des ravisseurs de Maria ; son sang
bouillait , lorsqu'à la place de la justice et de la vérité il ne rencontrait

partout que duplicité et fourberie.

Les ordres émanés de la Cour pour remettre en liberté la sœur de don Gonzalès étaient sans effet ou se trouvaient éludés ; sa disparition n'avait point été légale, et personne ne constatait le lieu où elle pouvait être. Astolfe éprouvait un violent désespoir : menacer, se plaindre, eût été donner l'éveil à ses ennemis ; il crut devoir user de prudence et d'adresse, puisque l'autorité ne suffisait pas pour en imposer à ceux qui n'avaient plus de sûreté que dans le mystère et l'audace.

Astolfe n'avait point perdu de vue ce que lui avait dit Henrico sur don Emmanuel, supérieur des Dominicains, et sur l'intérêt qu'il pouvait avoir eu à faire disparaître le témoin le plus nuisible à la réputation de don Aurélio. Jusqu'alors il avait eu soin de ménager sa mémoire autant qu'il lui avait été possible. Sa promesse à Lydie et son propre cœur lui en avaient fait une loi ; mais lorsqu'il vit toutes ses tentatives inutiles , il ne balança plus à aller trouver ce religieux , avec l'intention de le contraindre , s'il le fallait , à s'expliquer sur un sujet si délicat et si important pour lui.

Cette entrevue eut lieu , mais fut loin de surprendre don Emmanuel : il avait été prévenu par ce même Henrico , qui , trahissant tour-à-tour ceux auxquels il vendait ses services , avait devancé le Colonel et prévenu le supérieur de sa prochaine réclamation à l'occasion de la dona Maria. Toujours ce traître se trouvait sur le

IV.   19

chemin d'Astolfe, et celui-ci èut en-, core une fois la preuve qu'il est des cœurs que la générosité, le pardon ne corrigent jamais, et que le génie du mal est leur mobile, comme l'est aux autres l'amour du bien.

Néanmoins, quoiqu'Henrico eût deviné juste, et que, connaissant l'esprit des hommes qu'il avait servis long-temps, il eût parfaitement jugé l'intention de don Emmanuel, ce dernier avait reçu son avertissement sans lui livrer son secret; et cependant l'infortunée Maria était reléguée dans une de ces prisons secrètes dont les portes ne s'ouvraient que trop souvent pour ceux dont les opinions religieuses ou politiques portaient ombrage aux maîtres de ces affreuses demeures.

Lorsque don Aurélio vivait encore, don Emmanuel avait songé à servir sa cause en détruisant, dès sa naissance, la source d'un bruit contraire à sa gloire, et avait fait enlever Maria à l'instant où, repoussée de toute part comme une aventurière, elle allait chercher de nouveaux appuis et peut-être trouver des défenseurs.

L'intérêt de son Ordre était un motif de plus qui animait don Emmanuel; il lui importait beaucoup que le souverain et le peuple en ignorassent l'esprit et ne pénétrassent point par quels petits moyens on arrivait parmi eux aux grandes choses; son zèle trouva dans cette occasion matière à s'exercer, et une mère redemandant son fils ne fut pas même un objet sacré pour lui.

19*

Le jeune colonel, fils adoptif du comte de Morenberg, accompagné du chevalier de Valmire, se présenta chez cet homme entreprenant; tous deux avaient le courage et l'honnêteté en partage, leur cause était juste, leur attitude noble et décidée. Don Emmanuel en fut troublé; il ne croyait pas avoir affaire à d'aussi importans adversaires. Astolfe profita de cette émotion qui lui parut un indice certain de culpabilité. Après qu'il se fut fait connaître, il entra dans quelques explications préparatoires, et finit par lui parler avec le ton de conviction et d'autorité, qu'il croyait le plus fait pour mettre en défaut ses moyens de défense...

— Je viens, lui dit-il, vous redemander une femme opprimée, re-

tenue par vous, contre les lois di-
vines et humaines; cette femme, son-
gez-y, don Emmanuel, est ma mère;
je ne quitterai pas ces lieux sans
qu'elle me soit rendue.....»

— J'ignore, répondit le moine, ce
qu'il peut y avoir de commun entre
moi et la femme dont j'apprends
d'aujourd'hui seulement l'existence :
l'a-t-on commise à ma garde ? ai-je
quelque alliance avec elle ? et quel
intérêt me suppose-t-on d'influencer
en rien sur son sort ?

— Je ne sais moi-même, reprit vivement le Colonel, le motif qui vous
engage à séquestrer du monde et de
sa famille un être déjà trop persécuté,
et que ses malheurs et son sexe auraient dû rendre respectable aux yeux
de l'univers ; mais, je l'affirme,

malheur à celui qui tenterait de me tromper davantage !....

— Des menaces ! s'écria le Supérieur d'une voix étouffée , et cachant sa fureur sous le masque d'une douceur feinte.

— Répondez donc , dit à son tour M. de Valmire : la dona Maria de Gonzalès est-elle en ces lieux ? Renoncez-vous à la retenir contre le droit des gens ? et cet attentat que la religion et la morale condamnent également, doit-il être soumis à la justice ?. ..

— Il ne le serait pas , répartit don Emmanuel avec un demi-sourire dans lequel Astolfe vit l'audace unie à la certitude de l'impunité.... Il allait éclater contre tant d'insolence, lorsque le souvenir de sa mère et

l'idée du danger qu'elle courait en
de pareilles mains réprimèrent ce
mouvement aussi naturel qu'involon-
taire; il contint même le chevalier,
qui mesurait déjà le jeune Emmanuel
d'un air de provocation et de mépris,
et fit un demi-effort sur lui-même
pour toucher l'âme d'un homme que
la hauteur avec laquelle ils s'étaient
exprimés leur avait peut-être aliénée.

Alors il lui fit une vive peinture
des torts de don Gonzalès et de l'indigne politique dont sa sœur avait
été la victime ; il témoigna que les
plaintes de sa mère cesseraient dès
l'instant qu'elle serait réunie à lui,
et que si la réputation des religieux
de son Ordre tenait à celle de leur
ancien Général, il saurait étouffer
des bruits offensans pour eux, aussitôt

qu'on lui aurait accordé la seule réparation qu'il venait solliciter.

Don Emmanuel répondit à ce discours, que sa vénération pour la mémoire de don Aurélio était extrême ;
qu'il n'en croirait jamais ses détrac-
teurs, et se sentait disposé à traiter
d'imposture tout ce qui tendait à al-
térer l'idée qu'il s'était faite, avec
raison, de son mérite et de ses vertus;
que, quant à lui, il ne redoutait
rien de quiconque le calomniait ;
que, s'il supportait d'odieuses impu-
tations, c'est que c'était une des lois
de la religion qu'il professait, qui lui
défendait de rendre injure pour injure ; mais qu'enfin il ne connaissait
point la dona Maria de Gonzalès, et
n'avait par conséquent aucun compte
à rendre d'elle.

Ce ton d'hypocrisie, qui semblait celui de la modération, ne convainquit point le Colonel, mais le mit dans le plus grand embarras; il parut céder à l'affirmation du Supérieur, se réservant cependant le droit de faire faire des perquisitions dans le couvent. Le chevalier, perdant patience, fit un geste violent qui exprima la persuasion où il était de trouver don Emmanuel en faute, et le repentir de l'avoir tant ménagé jusqu'alors.

Astolfe, en même-temps, montra l'ordre du roi, par lequel il avait reçu le pouvoir de réclamer Maria de Gonzalès partout où elle se trouverait. Don Emmanuel, surpris et comme pétrifié, frémit visiblement, mais jura de nouveau qu'il n'avait dit que la vérité. Mais durant cette dernière explication, il avait eu le temps de se remettre; et à un signal qu'il donna, Astolfe, ainsi que le chevalier, furent entourés à l'instant même d'une troupe d'hommes armés, dont le corps et les traits étaient masqués sous l'habit de *pénitens* noirs. Avant qu'ils aient pu soupçonner leur dessein, et par conséquent le prévenir, les deux voyageurs se trouvèrent en leur pouvoir, et entraînés désarmés. Ils ne tardèrent pas à aller grossir le nombre des victimes qui gémissaient dans les fers de leurs iniques et implacables juges.

Une aussi lâche trahison indigna M. de Valmire et confondit Astolfe, qui sentit, mais trop tard, qu'on ne pouvait se mettre assez en garde

contre toute puissance arbitraire. Les
deux amis eurent du moins la consolation de n'être point séparés, et ne
cessaient de maudire leur imprudence
et de chercher un remède à leur
malheur : il n'y en avait point.

Là , dans ces souterrains inconnus,
la vérité ne pouvait luire ni consoler
l'innocent, à moins d'un secours surnaturel, que les deux amis n'osaient
espérer pour eux-mêmes.

Astolfe, en songeant à sa mère, à
Lydie, éprouvait des transports ef-
frayans de rage et de douleur. Il souffrait aussi des maux que supportait
celui qui s'était dévoué pour lui, et
les murs de sa prison retentissaient
des plaintes qu'il adressait au sort cruel
qui semblait le poursuivre.

Le chevalier , moins passionné ,

attendait du temps un soulagement à leur commune situation. Mais ce temps même, si rapide et si destructeur, dévorait l'âme d'Astolfe. Que de chagrins ne pouvait-il pas amener !.......

Don Emmanuel cette fois avait été trop loin : il s'était laissé entraîner par la crainte d'être découvert, et s'était nui par l'effet même de ses infâmes précautions. Il s'était perdu enfin en cherchant à se soutenir, et l'heure terrible était arrivée qui le devait montrer sans voile aux yeux de tous ceux qu'il avait abusés.

Les amis du comte de Morenberg s'étaient vivement intéressés à celui qu'il avait nommé son fils ; le regardant comme tel, ils l'avaient aidé dans ses démarches, et en attendaient

l'issue avec impatience, quand il
disparut tout-à-coup. Cet événement,
suite naturelle de l'enlèvement de
Maria, leur parut venir de la même
source; ils la recherchèrent, et lorsqu'ils se crurent assez éclairés, ils
agirent en conséquence.

Quelques actions aussi hardies de
la part des Dominicains avaient été
dénoncées déjà auprès du trône.
Celle-ci attira d'une manière parti-
culière l'attention du souverain, l'arrêt foudroyant fut prononcé, et une
visite faite dans les souterrains du
couvent rendit la liberté à plusieurs
personnes, dont Astolfe, le chevalier
et dona Maria faisaient partie.

Une fois encore la justice atteignit
les coupables qu'elle avait servi à
démasquer ; tout rentra dans l'ordre

de l'équité, et le peuple, trompé long-temps, ouvrit les yeux en bénissant la puissance protectrice qui le défendait, et qui, image de Dieu sur la terre, punit tôt ou tard le crime et l'abus des saintes institutions.

Astolfe fut enfin pressé sur le cœur maternel que ses vœux avaient appelé tant de fois. Il put consoler celle dont il avait en quelque sorte causé le dernier malheur, et entendre de sa bouche la relation des événemens dont Grégorio n'avait pu l'instruire.

Maria était belle encore, malgré les traces des larmes empreintes sur ses joues amaigries; pour son fils seulement elle consentit à soulever le voile noir qui la couvrait, et dont son front ne s'était point dépouillé depuis la mort d'Almanzar : elle lui dit com-

ment, ayant reçu d'un étranger la
lettre du père Grégorio, elle avait
formé la résolution de quitter son rocher et de venir en Portugal redemander son fils. L'amour maternel
lui avait prêté des forces, et la perfidie d'un frère n'ayant plus laissé
dans son âme que le désir de la vengeance, elle avait traversé les mers,
espérant qu'en confessant publiquement sa faute et ses malheurs, elle
racheterait l'existence de cet enfant
si cher qu'elle avait pleuré si long-
temps.

Ce qu'elle avait éprouvé d'amertume, de refus et de trahison, était
connu d'Astolfe ; il chercha, à force
de tendresse, d'en éloigner le souvenir ; et Maria, heureuse encore une
fois par un sentiment dont elle n'avait

connu que les alarmes, bénit le ciel de n'avoir point terminé ses jours avant qu'elle eût goûté cette jouissance si pure que la nature unit à l'amour dans le cœur d'une mère.

Astolfe combattait déjà le vœu qu'avait fait Maria de retourner dans sa retraite et d'y finir sa vie; il croyait avoir épuisé tous les genres de privation, toutes les peines attachées à l'humanité, et son âme, avide de bonheur, inépuisable en affections, voulait rassembler autour d'elle tous les objets de sa tendresse..... Pauvre Astolfe! endors-toi donc sur ce sein où tu reçus la vie! oui, dors, pauvre créature! ou plutôt meurs dans la joie d'une étreinte filiale; il n'y aura plus d'amour, plus de bonheur pour toi sur la terre!...

CHAPITRE XXXVII ET DERNIER.

Un bruit terrible était parvenu jusqu'à Lydie, pendant qu'Astolfe était retenu dans les souterrains du couvent de Lisbonne. Henrico, qui avait entretenu une correspondance avec le valet de madame d'Outreville, n'avait point manqué de lui donner les détails de ce qui s'était passé à Lisbonne à l'occasion du mulâtre; et ces circonstances extraordinaires trouvèrent encore des commentateurs dans le digne correspondant

IV. 20

d'Henrico et dans la baronne, à qui le premier transmit ces curieuses nouvelles. Celle-ci présuma qu'Astolfe avait péri au moment de sa disparition, et en écrivit à sa sœur comme si elle venait d'en acquérir la certitude, non sans mêler les témoignages d'une fausse pitié à ces rapports infidèles. Le fait est qu'elle prenait ce moyen pour s'assurer de la vérité et se mettre en relation avec Lydie; car elle supportait avec humeur l'oubli qu'on paraissait faire d'elle, et voulait, à quelque prix que ce fût, qu'on s'en occupât. Sans doute elle n'avait pas prévu tous les maux que son imprudence allait causer. Lydie lut attentivement cette lettre; elle y trouva des faits positifs concernant Astolfe, et elle ajouta une foi entière à ce rapport. Il avait été précédé d'un si long silence, qu'elle n'était que trop pré-parée à y croire : le doute la soutenait encore ; mais le rapport de madame d'Outreville frappa la créole d'une douleur qui détruisit tout-à-coup la vie dans son cœur. En vain M. de Morenberg, Louisa et son mari lui répétaient que cette nouvelle était dénuée de preuves, que la source d'où elle partait en détruisait même l'authénticité : Lydie, prévenue, se contentait de répondre tristement : Il ne revient pas, il n'écrit pas, Astolfe n'est plus !.....

Malheureusement on ne pouvait, dans l'éloignement, apporter de re-mède à un mal qui s'augmentait cha-que jour. Une longue attente trom-pée se tourna en angoisses, et accré-

dita un bruit auquel on ne pouvait
rien opposer qu'un reste d'espérance.
Bientôt il n'en exista plus pour l'a-
mante d'Astolfe. Sa santé était restée
faible et languissante depuis sa maladie ; elle dépérit entièrement. Lorsque Lydie crut avoir perdu pour jamais celui qu'elle avait tant aimé,
quelque chose de lourd et de glacé
parcourut ses veines ; elle se sentit
mourir peu-à-peu, et sa Louisa, dé-
chirée de regrets, voyait cette jeune
et tendre fleur se détacher de sa tige
et tomber à ses côtés, sans pouvoir
arrêter par ses soins les progrès affreux d'un mal qui entraînait après
lui la destruction Ce mal était
trop interne, trop profond. Ah! personne ne peut sonder la douleur, il
est des souffrances sans mot comme

sans consolation , et Lydie avait
appris ce funeste secret de la vie!

Ses yeux égarés semblaient fixés sur
un tombeau, partout elle croyait lire
en lettres ardentes, *Astolfe n'est plus !*
Astolfe n'est plus ! Elle sentait une
voix lugubre qui le lui redisait au
fond du cœur et qui l'appelait... Ami,
disait-elle alors , attends-moi, je vais
te rejoindre !... Elle périt ainsi : sans
pouvoir vaincre sa destinée la jeune
et douce créole mourut un jour loin
de son Astolfe. . . . . . . :

. . . .

A peine l'avait-on vue dans une situation désespérée, que M. d'Elmance
était parti, et sans idée fixe il prit la
route du Portugal ; d'ailleurs il l'avait
promis à Lydie mourante , qui désirait à tout prix connaître la cause

du malheur qui la privait de son unique ami. C'est dans ce voyage qu'il rencontra l'exprès qui venait annoncer l'existence d'Astolfe, son arrivée prochaine ainsi que celle du chevalier et de Maria, qu'il ne précédait que de peu de jours.

Hors de lui, mais conservant les plus vives inquiétudes, Albert vola à leur rencontre, les prévint sur le sujet de douleur qui les attendait. Pendant ce temps l'exprès avait continué sa route et s'était rendu en toute hâte près de Lydie. Hélas! elle était déjà sans connaissance; et il y avait deux jours que l'infortunée était morte, lorsqu'Astolfe arriva avec sa mère et le chevalier, tous trois accompagnés de M. d'Elmance.

Le mulâtre n'avait plus ni paroles,

ni larmes, il avait tout épuisé après
avoir entendu le cruel récit d'Albert ;
mais quand il ne retrouva plus sa
Lydie, quand il put se persuader
qu'elle avait cessé de vivre, pour
l'avoir trop aimé, ah! jamais homme
n'éprouva la fureur qui s'empara du
malheureux Astolfe! Il poussa des
cris de rage, écarta loin de lui ceux
que l'amitié amenait à son secours ;
renversa tout sur son passage, comme
la foudre et la lave qui se frayent un
horrible chemin à travers la nature
habitée. En vain sa mère s'attachait à
ses vêtemens, en vain le désolé comte
de Morenberg lui ouvrait ses bras,
et le chevalier, accablé lui-même de
sa propre douleur, cherchait à rappeler sa raison.

Non, non, laissez-moi, disait-il d'un

ton effrayant, je veux la voir, je la
reverrai ; oui, moi, j'irai fouiller son
tombeau, j'irai l'y chercher..... La
mort attend sa seconde proie, pourquoi tarder davantage?

Alors on fut obligé de lui dire que
Lydie avait désiré que l'on ne la remît
dans la tombe que trois jours après sa
mort, et qu'elle était encore dans la
chambre funèbre. A ces mots Astolfe
s'arrête, il prend le chemin de cette
chambre, il la reconnaît; c'est celle où
Lydie, pour la première fois, lui révéla
son amour........

O quel déchirant contraste ! Quel
spectacle attend l'infortuné à qui ce
souvenir se représente au milieu de
son désespoir ! comment son âme
pourra-t-elle le supporter ? Astolfe
était entré dans la chambre de deuil

où Lydie, couverte du linceul mortuaire, était étendue.

Louisa pleurait à genoux, entourée de ses femmes, tenant dans ses bras le petit Amédée, qui, hélas ! ne sentait pas l'horreur de ce sommeil qui ne doit point finir ; il attendait le réveil de sa mère... La pauvre Irma appelait sa maîtresse par des gémissemens que l'on ne pouvait contenir, et cette scène de douleur parut suspendre un instant l'épouvantable délire d'Astolfe; il s'avança moins impétueusement : sa présence interrompit les prières, mais redoubla les sanglots... Pour lui, égaré, l'œil éteint, les cheveux hérissés, il approche du lit où dort pour jamais la bien-aimée de son cœur; il écoute comme pour saisir un accent de sa voix chérie ; il pose sa

main tremblante à la place qui contenait jadis son cœur si tendre; et
l'attention d'Astolfe est terrifiante,
car on sent trop qu'elle sera vaine....
Tout-à coup il déchire le linceul en
criant, Lydie ! Lydie ! c'est moi.
Après ces mots, le malheureux écoute
encore, et n'entendant rien il re-
prend : Amante adorée, ma Lydie,
que j'expire, mais que je te revoie
encore !...·

Cette figure angélique, quoique
pâle et inanimée, reparaît pour la
dernière fois à ses yeux. Le mulâtre
presse de sa bouche les lèvres froides
et décolorées que la mort a rendues
insensibles même à l'amour, et tombe
comme expirant....

Quelques mois après ce triste événement on apprit qu'un vaisseau fai-

sant voile pour l'Amérique, et ayant
à son bord un jeune mulâtre atteint
de folie, et sa mère, tous deux livrés
au plus noir chagrin, avait péri en
quittant les côtes de France. La mort
qui brise tout, avait réuni les deux
amans devant celui qui reçoit également dans son sein le roi et l'esclave,
le noir sauvage et les autres mortels
dont il est le frère.

FIN.

Imprimerie de GUEFFIER, rue Guénégaud.